Petit abécédaire de l'apocalypse heureuse

ISBN 978-2-940666-58-4

Avenue de l'Église-Anglaise, 18
1006 Lausanne
contact@herodios.ch
www.herodios.ch

Conception graphique
Stéphane Trapier

Pascal Fioretto

Petit abécédaire de l'apocalypse heureuse

Illustrations de
Stéphane Trapier

EDITIONS
HERODIOS

À M., *sans qui rien*

Peut-on rire de tout ?
Oui, mais on n'est pas obligé.
LEFRED.THOURON – *PROPOS DE TABLE*

A

Avant-propos

Honte à cet effronté qui peut chanter pendant
que Rome brûle, elle brûle tout l'temps.
GEORGES BRASSENS – *HONTE À QUI PEUT CHANTER*

Incendies, fonte des pôles, sécheresse, montée des eaux, canicule, pandémies, émeutes… Sans oublier la guerre qui n'a pas dit son dernier mot. Les mauvais présages s'accumulent, les faits sont de plus en plus têtus et ceux qui pensaient qu'il ne se passe jamais rien dans nos futiles existences sont bien obligés de constater que ça bouge enfin.

Que ça a même déjà commencé.

Certes, on savait depuis Thoreau, Morris, Illich, Ellul, Bernanos, Castoriadis et Marion Cotillard qu'on filait du mauvais coton – ni durable ni équitable –, mais on s'était plus ou moins faits à l'idée que le Déluge, ce serait après nous.

Et voilà que soudain tout se détraque plus vite que promis par les rapports du Giec et que le désastre arrive alors qu'on n'est même pas encore morts.

Bien sûr, nous sommes de plus en plus nombreux à vouloir sauter en marche de notre train de vie pour mesurer les vraies richesses à l'aune des vraies valeurs. Tous ensemble, nous nous sommes mis en route vers un avenir plus soutenable. Un peu comme ces chanteurs d'opéra qui brament « Marchons ! Marchons ! » en piétinant sur place. Hélas, selon certains pessimistes, nous aurons beau décroître dans la joie, composter nos épluchures et renouer avec le vivant pendant qu'il bouge encore, nos efforts, aussi écosincères soient-ils, ne suffiront peut-être pas à éviter l'Apocalypse.

Rien d'étonnant donc à ce que 75 % des jeunes souffrent d'écomorosité, de ruminations obsessionnelles – chaque geste compte, je baisse, j'éteins, je décale – et qu'ils aient des difficultés à faire des projets. À quoi bon réviser pour les partiels si l'Apocalypse tombe le jour de l'examen ?

Pourtant, en cette fin des temps d'abondance et d'insouciance, même si l'on est hyper-écoanxieux comme moi, les raisons de se réjouir ne manquent pas : la frugalité est plus joyeuse, les genres plus fluides, le monde plus virtuel, l'écriture plus inclusive, l'intelligence plus artificielle, l'Effondrement plus constructif…

De ces petits bonheurs qui éclairent notre crépuscule à nous autres, les *sapiens*, j'ai essayé de dresser un inventaire vécu (donc forcément subjectif) et chantant malgré tout.

Tout y est, dans un joyeux désordre de fin de partie. Sinon, en cas de réclamation, appelez la hotline dédiée.

Bienvenue chez moi, du côté lumineux de l'Apocalypse. Vous êtes sans doute aussi un peu chez vous.

Index

NB. Cet abécédaire a été entièrement déconstruit afin de ne rien céder à l'arbitraire totalitaire et à la violence symbolique de l'ordre alphabétique.

E

S'[e]ffondrer

Ce n'est pas tout de vivre. Il faut survivre.
ERNEST CHOUINARD – *L'ŒIL DU PHARE*

À l'idée que la Fin commence bientôt, certains d'entre nous entrent en dissonance cognitive et sautent dans leur 4×4 pour aller embrasser des arbres. D'autres voudraient pouvoir sortir de l'Histoire et la laisser finir sans eux, tel Kafka qui notait dans son Journal, le 2 août 1914 : « L'Allemagne a déclaré la guerre à la Russie. Après-midi piscine. » Et puis il y a les esprits forts qui, au lieu de faire semblant de croire que ça va finir par s'arranger grâce aux États généraux de la mobilité douce et au Grenelle de la soutenabilité écocitoyenne durable, ont compris qu'il n'y avait plus rien à faire et qui le font.

Ils se préparent à survivre et ils n'ont pas forcément tort car, selon toutes les études, *Homo sapiens*, de par ses stupéfiantes capacités d'adaptation et son hubris congénitale, va s'acharner à exister. Nous devrions même faire partie des dernières espèces à s'éteindre, avec les rats, les champignons cryptogamiques et les vendeurs de pompes à chaleur.

Parmi ceux qui pensent que rouler en Yaris hybride ne suffira pas à éviter la Fin du monde et qui s'y préparent, on distingue deux grandes familles :

1) les collapsologues, tels nos voisins Saturnin et Céleste, qui théorisent paisiblement l'Effondrement de la civilisation industrielle et rêvent à ce qui pourrait lui succéder en faisant des bocaux de légumes lacto-fermentés,

2) les survivalistes, comme le carrossier en treillis de notre village, qui a déjà aménagé son abri antiatomique enterré et climatisé.

Autant le collapsologue à la Pablo Servigne est un optimiste roudoudou à barbiche avec qui on ferait volontiers du roller le week-end voire plus s'il se rase, autant le survivaliste soupçonneux n'aime pas qu'on rôde autour de ses provisions d'eau et de ses munitions gardées par ses rottweilers. Mais les deux familles de pensée de l'Effondrement sont au moins d'accord sur un point : après la colossale Catastrophe globale qui approche, il faut s'attendre à des émeutes pires que le jour du *Black Friday* chez Zara. Il y aura des coupures d'eau, d'électricité et même de Netflix ; des gens erreront sur les routes sans GPS, tellement affamés qu'ils se boufferont le nez ; les enterrements sans fleurs ni couronnes se multiplieront ; partout ce ne seront que pleurs, grincements de dents, sang, larmes et contrariétés.

Dans *Une autre fin du monde est possible*[2], la suite tant attendue de *Comment tout peut s'effondrer*[3], les collapsologues gentils suggèrent des solutions pour ne pas se contenter de survivre à l'Effondrement mais le vivre comme une opportunité de faire soi-même son pain et de changer de civilisation. Passer de la fin des haricots à la culture des lentilles, comment ne pas être d'accord ? Hélas, selon eux, cela

---

2. P. Servigne, R. Stevens et G. Chapelle, éditions du Seuil, coll. « Anthropocène », 2018.

3. P. Servigne et R. Stevens, éditions du Seuil, coll. « Anthropocène », 2015.

nécessite un cheminement intérieur et une remise en question radicale de notre vision du monde. Autant de perspectives qui font bâiller d'ennui la plupart d'entre nous. D'ici à ce qu'on nous empêche d'aller faire du ski à Dubaï, il n'y a qu'un pas vers l'écologie punitive qui ressemble beaucoup à du fascisme vert tendre.

Chez les survivalistes, en revanche, on a beaucoup étudié Mad Max et on sait que le pétrole est la richesse suprême. Comme l'écrit sur son blog notre voisin Eagle_of_the_road77, un motard survivaliste sans casque, sans pot d'échappement et sans permis de port d'arme, « qui dit *oil* dit bagnole et qui dit bagnole dit *freedom* », ou quelque chose dans ce goût-là, je cite de mémoire. C'est vrai que le pétrole ne permet pas seulement de faire des rondes en jeep autour des réserves de carburant, il alimente aussi le groupe électrogène. Les survivalistes recommandent d'en avoir toujours un en préchauffe qui permettra, le moment venu, de faire tourner le lave-vaisselle. Réalistes et partageurs à l'occasion, ils ont posté sur leurs sites Internet spécialisés la liste des produits qui seront les premiers à disparaître des magasins lors de la panique qui suivra les émeutes et les pillages du commencement de la Fin : pâtes, riz, conserves, sel, sucre, dentifrice… et même préservatifs, car il faudra pouvoir s'accoupler sans risque de surpeupler le bunker.

Que choisir pour en finir avec le monde d'avant et bien repartir de zéro dans celui d'après ? Une communauté collapso un peu chiante et un peu triste, à la Pablo, ou une horde en cuir et moustaches de *survivalos* parfumés au cambouis ? Si j'étais un vieux bourgeois égoïste dans mon genre, j'espérerais secrètement que l'effondrement global survienne juste à temps pour m'éviter l'effondrement individuel en Ehpad. Mais en tant qu'humaniste forcené et incorrigible optimiste, je ne me laisse pas emporter par les passions tristes et je reste confiant en attendant la COP 37 de la dernière chance.

Q

[Q]uitter la grande ville

Paris sera toujours Paris.
Qu'est-ce que tu veux qu'il fasse d'autre ?
Frédéric Dard – *Journal*

Le Grand Paris sera-t-il achevé à temps pour le Grand Effondrement ? Tous les amateurs de spectacle populaire et immersif l'espèrent car la capitale est internationalement renommée pour son sens de l'événementiel. Il se murmure d'ailleurs que Philippe Decouflé et Thomas Jolly planchent déjà sur la scénographie du finale, plein de surprises, de signes dans le ciel et de figurants bénévoles. Assister à l'Apocalypse depuis la capitale c'est évidemment tentant, pourtant la plupart des collapsologues s'accordent à dire que, pour peu qu'elle s'éternise, elle sera plus agréable à vivre loin des grandes villes. Pour M. et moi, en tout cas, c'est décidé : nous attendons la Fin du monde à la campagne.

Cela fait bientôt cinq ans que nous avons quitté Paris, cette ville-monde à la fois revêche et généreuse, vulgaire et sophistiquée, qui m'a jadis ouvert ses bras embaumant le Guerlain quand je me parfumais encore à l'Axe pour homme. Ce n'est jamais facile de franchir le périphérique dans le mauvais sens et aujourd'hui, après toutes ces années, ils me manquent parfois ces Parisiens longilignes et pâles à chignons, cyber-flics chez Facebook France ou vendeurs tête-à-claques dans des boutiques de thés rares, attablés aux terrasses des établissements sélectionnés par le guide du *Fooding*. Elles me manquent aussi un peu, ces Parisiennes à cabas en coton biosourcé, toujours inexplicablement pressées, et ces émeutes populaires bigarrées qui font voler les Vélib' et se vider les Decathlon.

Nostalgie de mes balades dominicales en gyropode sur les quais de Seine au centre de l'univers écocivilisé. Tiens, une personnalité des lettres, à moins que ce ne soit un manager décarboné de la French Tech. Et là, un journaliste-écrivain-polémiste hyper connu dont le nom m'échappe. Il est venu prendre le pouls de son époque avec sa compagne peintresse-rappeuse-philosophe, dans l'ordre qu'on voudra, car à Paris comme à New York on se fout des étiquettes. Elle vient d'achever un post-doc sur les films de zombies comme allégorie de l'homme moderne uberisé qui ignore qu'il est déjà mort. Un peu plus loin, une famille recomposée à vélos électriques est venue respirer le même air qui a inspiré naguère Baudelaire et aujourd'hui Grand Corps Malade, tandis qu'un sans-abri pittoresque vomit au pied d'un palmier en pot. Oui, j'ai le mal de toi parfois, Paris, métropole où tout commence, où tout se passe, où tout finit par brûler un jour ou l'autre.

Une fois prise la décision irrévocable de quitter la capitale, il nous fallait décider où nous irions passer les Derniers Jours. Nous en avons visité beaucoup, de ces villes moyennes où il fait bon vivre que nous ne connaissions qu'à travers *Plus belle la vie* et les films de Dany Boon. Dans ces métropoles régionales, jadis confites et poussiéreuses, un peu de parisianité est enfin arrivée. Les magasins de nos cousins provinciaux aux ongles noirs ressemblent de plus en plus aux boutiques conceptuelles des Batignolles et Paris est souvent au coin de la rue piétonne. Bars à sourcils, réparateurs de vélos à pignon fixe, designers de vêtements pour bébé, artistes sur *latte* travaillant la mousse de café au lait... Autant de signes encourageants que l'arrivée des « InOuis, têtes d'abrutis », ainsi que les locaux surnomment familièrement les ex-Parisiens, a permis la remise à niveau non seulement immobilière mais également civilisationnelle de ces fiefs réputés arriérés. À La Rochelle, on trouve des masseurs ayurvédiques et des conseillers en feng shui ; à Angers, des barbiers à coupe-choux dans des salons de coiffure ambiancés Far West ; à Nantes, des tatoueurs à l'encre bio ; à Marseille de la bouillabaisse sans souffrance inutile pour les poissons et à Bordeaux, il est tout à fait possible de manger mal, cher et en étant aussi entassé que sur une authentique terrasse de la rue d'Oberkampf.

Nous avons parmi nos connaissances un exemple de transplantation réussie : nos amis Amir et Mélanie qui ont vendu leur petit appartement du boulevard Magenta pour un F7, quartier de la Croix-Rousse à Lyon. Finis les manifs du samedi sous leurs fenêtres et les brunchs du dimanche sur le canal Saint-Martin ; à eux les petits bouchons lyonnais canailles où l'on croque des oreilles de porc et des couilles de moutons à même le formica. Baisse du loyer, hausse du cholestérol, vrais gens plus authentiques... Une réunion hebdomadaire à Paris le mardi et le reste en télétravail depuis leur cuisine. Seul bémol, le Wifi qui passe mal dans les InOuiIdZenProPrem'sAvantage. On leur demande s'ils ne regrettent pas le bar à tapas de Bastille où ils savouraient leur thé bleu et leur choucroute végane, ils nous dévisagent avec une incrédulité mâtinée de longanimité déjà un peu provinciale : « On ne manque de rien ici, tu sais ; ils ont même des naturopathes... » glisse Mélanie. « Et des microbrasseries artisanales... », ajoute Amir avec un clin d'œil.

Alors tant pis pour la pluie de criquets et de sauterelles sur le Champ-de-Mars, l'eau des fontaines Wallace transformée en sang, les colonnes de Buren pulvérisées par la grêle, le bouquet géant de tulipes en bronze offert par Jeff Koons foudroyé par le feu du ciel… nous vivrons la Fin des fins loin de toi, Babylone-sur-Seine.

L

Trouver son [l]ieu de vie

Allez, hop ! Tout l'monde à la campagne.
CHARLOTTE JULIAN – *TOUT LE MONDE À LA CAMPAGNE*

Que l'on décide d'attendre que le ciel nous tombe sur la tête au sein d'une petite ville bien classée aux palmarès des magazines ou que l'on préfère profiter de l'Apocalypse les deux pieds dans ce qu'il reste de terre, il faut commencer par trouver son lieu de vie.

Elle fut longue et encombrée la route qui nous mena à notre thébaïde. Sous l'effet de la Grande Démission qui frappe les élites suréduquées fuyant leurs vies et leurs boulots sans intérêt, il y avait foule sur les chemins de l'exil et la concurrence s'avéra féroce dans la quête des endroits du possible entre gens pour qui ça l'était. Pragmatiques, devant ces vagues de réfugiés des grandes villes, les agents immobiliers se sont peu à peu transformés en spécialistes du projet de vie pour néo-accédants en quête de sens. La plupart de ces professionnels du rebond existentiel et de la dernière chance immobilière sont avenants et font preuve d'un enthousiasme proportionnel au prix du coup de cœur assuré qu'ils vous ont déniché. Tous pratiquent un anglais niveau M6 dont nous avons peu à peu appris quelques rudiments. « Esprit loft » : la salle de bain est dans la cuisine. « Radical chic » : les toilettes sèches sont dans le jardin. « Bonus *rooftop* » : il y a même un balcon. Quand c'est un homme, il n'hésite jamais à flatter le mâle alpha qui subsiste en chacun de nous en vantant les atouts virils du bien d'exception : vue sur le garage et son poste de chargement électrique pour la Fiat 500 de madame, barbecue en dur, prise de terre triphasée pour la scie circulaire. Si c'est une femme, elle s'adresse plutôt à notre cerveau droit de ménagère en insistant sur la capacité exceptionnelle du dressing – soixante-dix cintres soit trente-cinq ensembles en lin – et les magnifiques étagères de l'arrière-cuisine résistant au poids de deux enfants suspendus où l'on pourra entreposer les bocaux de graines et de légumineuses. Au terme de la visite, le conseiller en nouvelle vie s'éclipse avec un clin d'œil complice : « Je vous laisse tranquillement vous projeter dans ces murs », déclenchant des crises d'angoisse proches de celles que provoque un dimanche après-midi chez Ikea.

Pour regarder le monde finir à la campagne, nous avons, comme tout le monde, commencé par explorer le Perche, petit paradis pour les citadins amoureux d'authenticité[4]. Beaucoup de vieilles fermes n'attendaient que nous pour redevenir authentiques. Elles n'attendaient pas longtemps car le marché foncier local est plutôt nerveux. D'autres endroits où renaître et mourir avaient déjà été restaurés par des Parisiens, partis depuis sous des cieux moins pluvieux. On les reconnaissait à leurs volets peints en gris Ramatuelle et leurs portes en bleu Sarah Lavoine, leurs poufs galets et l'aveuglante authenticité instagrammable de leurs intérieurs :

---

4. www.perche-et-demeures.fr

outils oubliés pendus aux murs de la cuisine, pressoirs à cidre dans le salon, mangeoires à bestiaux détournées en porte-revues *Marie Claire Maison*, oreillers brodés de mantras percherons : « Demain est un autre jour », « À quoi tu rêves ? »… et chapeaux de paille dont le port est obligatoire les jours de shopping [5].

Nous n'avons finalement pas choisi le Perche, mais cette immersion dans le « foncier atypique » nous aura au moins appris que le prix au mètre carré varie en fonction du voisinage immédiat : néoruraux surdiplômés en crise de la trentaine ou agriculteurs glyphosato-dépendants ? Des activités économiques locales : licornes disruptives ou incinérateur de poulets ? De la vie culturelle alentour : concerts de musique baroque ou cours de danse country ? Les commerces et services ont eux aussi une influence déterminante sur le prix de l'authentique : la camionnette du boucher s'arrête-t-elle dans le hameau ? Propose-t-elle une alternative végane ? Où se trouve le médecin (même roumain) le plus proche ? Et le cours de qi gong ?

Enfin, il y a la question qui, paraît-il, tracasse le plus les exilés : « Que faire des mômes ? » Un souci injustifié, si l'on en croit nos amis parents qui ont fui la ville avant nous. Selon eux, les exigences diverses des marmots – école, copains, petite délinquance… – ne sont pas un problème. Après quelques années à se faire traiter de têtes de veau, ils finissent par adopter l'accent local, arborent de bonnes joues rouges et une coupe mulet et sont admis par leurs camarades dans le bus de ramassage scolaire. Le reste du temps, en attendant l'âge de leur première mobylette, ils goûtent aux bienfaits de la vie campagnarde, se conformant ainsi *volens nolens* aux recommandations des psychologues unanimes : « Il faut laisser l'enfant s'ennuyer. »

---

5. On dit « chiner » en percheron.

D

Se retrouver au [d]ésert

Les forêts précèdent les peuples,
les déserts les suivent.
FRANÇOIS-RENÉ DE CHATEAUBRIAND

Après quelques années d'exploration, nous avons fini par trouver l'endroit sur terre où nous attendrons sa Fin. Nous n'avions pas assez de goût pour apprécier l'authenticité percheronne ni la vocation pour habiter en communauté vivrière dans la Drôme, pas plus que les moyens de nous installer sur une colline en Toscane, alors nous avons posé nos rêves de monde d'après et nos MacBook Air aux confins de l'Île-de-France, en périphérie d'un petit bourg non desservi par Deliveroo où gargouille une rivière et où accélèrent les camions.

Plus précisément, notre retraite se situe dans cette bande de territoire, des Landes à la Meuse, que les sociologues appellent « diagonale du vide ». Les essayistes médiatiques préfèrent parler de « France d'en-face », les élus régionaux de « rurbanité », les esthètes de « France moche », parce que le niveau de vie y est plus

bas, l'endettement plus haut, les gilets plus jaunes, les diabètes plus chroniques et les médecins plus rares.

C'est là, à moins d'une journée de tracteur de la première maternité, qu'à peine tombé du Transilien bondé, après une demi-heure de voiture à travers les vastitudes désolées des champs de céréales d'où émergent des silos de béton, une gigabassine, des méthaniseurs et un poulailler industriel, j'enfile mes claquettes, j'allume « Les grosses têtes » et, dans le couinement paisible des éoliennes et le vrombissement des quads, je ne peux que constater qu'il y a des endroits du monde où l'Apocalypse a déjà commencé.

Au début, ce fut parfois difficile à supporter. D'autant que nos voisins les plus proches sont des « jardiniers du paysage », le nom de code des agriculteurs de la FNSEA. Il nous est arrivé de penser, les yeux rougis par les hormones de croissance que vaporisaient nos valeureux paysans vêtus comme des cosmonautes, qu'on aurait dû acheter, en plus de la maison et du jardin, quelques pains de plastic. Mais nous n'appartenons pas au *Gang de la clef à molette* d'Edward Abbey et faire sauter des fûts de trifloxystrobine n'a jamais changé la PAC. C'est à peine si notre écoterrorisme amateur aurait un peu retardé la silencieuse agonie des insectes. Mieux vaut donc porter un masque quand les traitements commencent et faire comme les oiseaux, fermer nos gueules.

Pour rester dans l'ambiance, je viens de lire *Jardins en temps de guerre*[6] de l'étudiant-poète Teodor Cerić. En 1992, lorsque la guerre éclate en Bosnie, il quitte Sarajevo puis, pendant sept ans, voyage à travers l'Europe, découvrant, au fil de son exil, des jardins méconnus, à la marge, nés des rêves chimériques de leurs créateurs. À la fin de son ouvrage, Cerić écrit : « Si nous n'avons plus que peu de temps, si le monde autour de nous vacille et que

6. Éditions Actes Sud, coll. « Un endroit où aller », 2014.

la mort, sous toutes ses formes, avance, il ne nous reste qu'à faire d'un coin de terre, peu importe lequel, un endroit accueillant, un lieu pour plus de vie. » Victimes de notre boboïsme néorural, nous avons donc, nous aussi, commencé un dernier jardin, planté des arbres et des haies qui commencent déjà à filtrer un peu les brouillards de synthèse de chez Bayer pulvérisés dans les vents frais du printemps.

Nos voisins agriculteurs n'aiment pas trop les arbres, ni les arbustes car ils gênent la conduite assistée par satellite de leurs engins qui leur ont coûté si cher que nous les payons tous. La chute des feuilles crée de l'humus dans les champs, les lombrics s'installent, aèrent le sol et tout cela contrarie l'action des intrants de synthèse, calibrés pour des terrains parfaitement stérilisés. Ils ne sont pas très favorables non plus à l'idée d'accorder des droits aux fleuves en général et à la rivière qui traverse notre village en particulier – ni d'octroyer d'ailleurs une personnalité juridique à la forêt qui le borde. Comme l'a très bien expliqué jadis Ronald Reagan, ils estiment que quand on a vu un arbre, on les a tous vus et que quand on en a coupé un, il n'y a aucune raison de s'arrêter. Je suppose qu'ils doivent souvent sourire, dans leurs combinaisons étanches, quand ils nous voient, en incurables rurbains qui n'ont décidément rien compris à la campagne, planter des aubépines, haubaner des érables ou nous inquiéter de la pluie qui n'arrive pas et des vents d'ouest qui font ployer les jeunes chênes.

Mais l'avantage d'habiter une terre déjà morte, c'est qu'on apprend peu à peu à reconnaître le beau partout où il en subsiste quelques lueurs. Dans le rouge idéal d'un coquelicot qui a éclos malgré les efforts acharnés des cosmonautes du paysage ; sur la poitrine jaune tendre d'une mésange bleue qui tousse délicatement ; au bout du nez pointu d'un hérisson qui a survécu aux épandages ou dans la danse stochastique d'une abeille ivre qui ne retrouve plus sa ruche. Et en attendant la Fin de tout, on apprend ainsi à mieux accepter les face-à-face avec le moche que la vie, dans ce qui reste de nos campagnes, rend inévitables. Comme soi-même dans le miroir, en claquettes et survêtement.

O

Rester [o]uvert

L'autre, c'est celui qu'on serait
si l'on n'était pas soi-même son autre à lui.
MARGUERITE DURAS – *QUI ÇA ? L'AUTRE…*

À la fin de *Don't Look Up*, le film lanceur d'alerte cosmique de Netflix, la plupart des personnages sont réunis dans la salle à manger de Leonardo DiCaprio où ils attendent, autour d'un bon repas chaud, l'impact imminent de la comète qui va détruire la Terre[7].

La menace de la collision finale est évidemment une allégorie du réchauffement climatique en cours et de ses conséquences cataclysmiques que les puissants refusent de voir car ils ont une planète B où ils comptent se réfugier. D'aucuns ont ricané, sous prétexte que cette fable écologique est produite par Netflix, plateforme dont le visionnage annuel consomme, en France, l'équivalent de la production électrique d'une centrale thermique au charbon. Pourtant, force est de constater qu'attendre la Fin, à table, en famille ou entre

7. Pardon pour le divulgâchage.

amis, en se remémorant les belles choses, c'est encore ce qu'il y a de mieux à faire.

Chez nous, dans un environnement pré-apocalyptique propice et une ambiance de dernier repas avant l'impact, nous organisons souvent de grandes tablées à la Claude Sautet, secouées d'éclats de rire en entrée et d'engueulades au dessert.

Dès l'apéritif, le vin de copains, non filtré et moussant, (on dit « perlant » pour ne vexer personne) élevé par un vigneron qui travaille « proprement » comme l'a certifié le petit caviste de confiance, permet de tisser des liens et de délier les langues. Pour le moment, aucun complotiste n'est à signaler, à part peut-être Julien – il préfère qu'on dise conspirationniste – qui pense qu'Ursula von der Leyen a des yeux de lézard, ce qui explique pourquoi elle parle toutes les langues de l'Univers. Selon lui, contrairement à ce que trop de gens croient, Ursula ne serait pas une technocrate apatride mais, au contraire, une fervente nationaliste vénusienne. Yvon est venu avec sa nouvelle copine, Mathilde, *sensitivity reader* et *gender editor* pour une agence de vigilance en faveur de la parité. Mathilde est née Marie-Mathilde de Beaugrenelle[8] mais se fait appeler Maty75 car c'est moins stigmatisant. Elle a grandi au cœur des beaux quartiers de la capitale et suivi une éducation catholique soutenue avant de trouver sa voie dans les hashtags vengeurs et les purges au sein des milieux culturels où elle est crainte. Elle en a fait son métier. Grâce à son réseau de néoféministes – elle préfère qu'on dise néosorcières – elle a déjà fait fermer plusieurs expositions, interdire des conférences de vieilles féministes dissidentes et licencier plusieurs porcs infiltrés dans des organes de presse pourtant insoupçonnables. Dès les amuse-gueules, après la blague sur les bonnes femmes qu'a racontée Yvon, elle a failli annoncer : « Je me lève, je me casse. » Ces deux-là sont mal partis.

---

8. Le nom de la station de métro a été changé.

Arnaud est venu avec sa nouvelle Saab, son nouveau beagle et sa nouvelle copine, Ingrid, qui est influenceuse dans une agence d'influence influente et ne s'était encore jamais aventurée aussi loin de sa zone de confort. En descendant de voiture, elle semblait sous le choc : « On est passés devant la tuilerie désaffectée… il y a un côté Detroit post-Chrysler, j'adore ! J'ai envie d'y ambiancer le prochain catalogue automne-hiver de The Kooples. » Arnaud se situe politiquement légèrement à la droite de Zemmour mais il aime bien venir s'encanailler chez nous où les ex de la Ligue qui ont plus ou moins réussi dans les médias et les gauchos du siècle dernier à pulls en V sont aussi les bienvenus. Ça lui permet de ricaner et ça le change un peu de son groupe Les Prussiens, un collectif d'action et de réflexion (dans cet ordre) où, avec ses copains garantis 100 % caucasiens, tests ADN faisant foi, il se lamente tous les jeudis soir sur la décrépitude moderne en buvant des canons à la santé de Jeanne d'Arc. Si ça se trouve, il croit sincèrement que la France éternelle survivra à la Fin du monde. Coup de bol pour nous, autant Arnaud déteste les LGBTQIA voire « + », autant il tolère volontiers les invertis tradis, pour autant qu'ils soient un peu intellos antimodernes comme Pasolini ou rigolos extravertis comme Zaza Napoli.

Depuis sa dépression de l'hiver dernier, Stéphane a remonté la pente grâce aux omégas 3, au Deroxat et à la méditation à laquelle il propose de nous initier au dessert. Tout le monde opine. Stéphane écrit, beaucoup, et ne refuse jamais une rencontre en médiathèque. Pourtant, malgré ses séjours en résidences d'écriture, son compte Twitter #authorslife où il cultive la mythologie sociale de l'écrivain et en dépit des croisières de création littéraire du ministère de la Culture auxquelles il se fait régulièrement inviter, ses livres n'ont jamais rencontré le succès escompté. Il est persuadé que c'est parce qu'il dérange, qu'un jour il va exploser. Il espère bien que ce sera avant la Fin du monde et compte sur son prochain polar politique, un brûlot contre les réseaux sociaux qui siphonnent nos vies privées et nous volent du temps de cerveau, si j'ai bien compris ce qu'il explique quotidiennement sur Twitter, Facebook, Instagram et Snapchat. L'intrigue se déroulera pendant le Grand Effondrement et le langage sera cru car il faut penser à l'adaptation en série par Olivier Marchal pour Canal. Avant de se mettre au travail, Stéphane a demandé une bourse d'écriture auprès du Centre national du livre.

Jérôme, d'origine socialiste mais récemment macronisé car il pense que le Président actuel est le seul à même de gérer efficacement l'Apocalypse, lève un sourcil et lâche :

– Visiblement, il y en a ici qui ont décrété qu'ils sont des artistes et qui exigent que l'argent des Français qui travaillent finance leur petit hobby…

– Les écrivains sont indispensables à la société, pas les fonctionnaires territoriaux, lui rétorque Stéphane en levant un majeur vengeur.

La conversation dévie opportunément sur l'ennuyeux sujet des séries télévisées du moment et d'avant. *The Wire* est-elle la meilleure série depuis l'aube de l'humanité ? Ou est-ce *Mad Men*, avec ses ambiances hyper *upper* à la Hopper ? De temps en temps, pour ne pas bâiller, je gratifie la compagnie d'une banalité téléramesque sur les arches narratives et tout le monde me porte un regard de respect admiratif. Mathilde est justement en train de vérifier la conformité du synopsis d'une série pour France Télévision qui devrait s'appeler *La Soldate du feu*. Ça racontera le parcours de Fatoumata, une jeune femme obèse qui a un rêve secret : être utile à la France. Un jour, une fée républicaine lui apparaît (Arielle Dombasle serait pressentie) et lui propose de réaliser un vœu. La jeune femme demande à devenir pompière de Paris. Elle est enrôlée dans l'équipe du commandant Jean-Jacques Bougraud (Pierre Arditi) un homme droit mais politiquement sclérosé et bougon qui a du mal à accepter le sexe, le poids et la couleur de Fatoumata-la-pompière. Jusqu'au jour où celle-ci sauve de l'incendie de sa maison de retraite la mère de Jean-Jacques (interprétée par Muriel Robin) qui a la maladie d'Alzheimer. Et Jean-Jacques comprend alors que grâce à l'intersectionnalité des luttes, ensemble tout devient possible.

Les lasagnes de M. arrivent enfin. Vincent, en grande forme, les qualifie de pastiche de lasagnes avant de nous confier qu'il regrette amèrement d'avoir fait l'Essec et a envie de plaquer son boulot de *product owner* dont il est incapable de nous expliquer en quoi il consiste. Il voudrait se reconvertir dans une activité concrète avec du sens, où l'on ne fait pas de réunions de service et où l'on parle français de temps en temps ; il hésite encore entre un CAP de ferronnerie et un BEP de boulangerie.

« Il m'intéresse vachement, ton pote », me dit Yvon, lequel prépare justement un reportage sur les cadres qui vident leur compte individuel de formation avant la Catastrophe et s'achètent un atelier pour faire de la pranathérapie holistique ou même, parfois, quelque chose d'utile.

Julien nous présente enfin son nouveau copain, Aurélien, quinze ans de moins que lui, végane et filiforme, qui vient de faire « le grand saut » en arrêtant ses études de psycho-socio pour se lancer dans le design soutenable. Aurélien est venu avec son Tupperware de haricots azuki à la sauce soja. Latifa, qui a un peu forci malgré ses marches hebdomadaires pour le climat, avise la part de lasagnes ainsi libérée : « On va pas laisser ça ! Tiens, ça me rappelle la légende de la princesse orientale qui ne voulait manger que des pois chiches. Vous la connaissez ? » Latifa est conteuse mais préfère qu'on dise griote urbaine. Dès qu'elle commence à dire « Il était une fois… » en écarquillant les yeux, tout le monde se bouscule pour débarrasser la table.

Arnaud et Ingrid font diversion, ils veulent en savoir plus sur notre coin. Je leur fais un topo général : l'église du XIIe siècle (agrandie au XVIe et couverte de ciment au XXIe), les fêtes traditionnelles (Halloween et la pendaison rituelle des pères Noël aux balcons en décembre) et la gastronomie (foire au cochon de Verneuil-l'Étang et crêperie-pizzeria du Breuil). Ingrid trouve ça « hyper dépaysant ».

Pour le dessert, on s'installe au jardin. Yvon a encore une blague misogyne à raconter. Mathilde lui tourne ostensiblement le dos. Jérôme allume une cigarette, Julien tête rêveusement sa vapoteuse goût Carambar. Aurélien a demandé un pull et une infusion car il sent l'humidité lui tomber sur les épaules. Mathilde, silencieuse, absorbée, écrit sur son téléphone. Elle doit être en train de dénoncer quelqu'un – Yvon, sans doute, qui l'a bien cherché, ou les autres mâles qui n'ont rien dit et ont laissé faire. Latifa est la seule à faire honneur au véritable brie de Meaux. Stéphane remet le couvert sur le statut de l'artiste et son initiation à la méditation. Tout le monde regarde ses pieds.

« Et si la Fin du monde était vraiment dans deux heures, qu'est-ce qu'on ferait ? » demande Vincent. Son interpellation nous prend de court, bousculant ce que Nicolas Bouvier appelle, dans *L'Usage du monde*, notre sensibilité engourdie et saturée par l'information ; notre culture distraite, au second degré.

On se regarde en silence une bonne minute, c'est interminable au temps du numérique, puis Mathilde est la première à retrouver le fil du temps présent : « Votre vieux monde peut bien crever, on ne le regrettera pas », lance-t-elle en direction d'Yvon qui ne relève pas. Le monde de Mathilde aura-t-il le temps d'advenir avant que le nôtre disparaisse ?

Dans leur coin, Jérôme, Stéphane et Arnaud commencent à s'engueuler : entre Macron, Mélenchon et Zemmour, lequel faut-il

pendre en priorité ? Mathilde annonce qu'elle veut rentrer à Paris parce qu'elle en a sa claque des débats entre hommes pendant que les filles se farcissent la vaisselle. « Tu retires ça, tout de suite » lui répond, les larmes aux yeux, Aurélien qui s'était porté volontaire pour désincruster le plat de lasagnes. Julien prend sa défense. Latifa fait remarquer qu'elle est la seule de l'assistance à appartenir à au moins deux minorités visibles : les Arabes et les grosses. Le ton monte. Il est 17h, l'heure des infarctus et des rixes dominicales. Le café arrive et Jérôme, qui a emprunté l'une des guitares de M., se met à massacrer *Blowing in The Wind*. M. et moi, nous nous regardons. La comète peut bien s'écraser, il reste du vin ; assez pour rire, s'engueuler ou, dans un éclair de lucidité, éclater en sanglots. C'est ça, les amis, surtout les nôtres, aussi paumés que nous ; ça fait du bruit, ça s'invective et ça cultive l'entre-soi douillet en plein territoire des Dépossédés ; ça rend les fins du monde et les dimanches moins sinistres.

Ne partez pas, ne partez plus.

U

Disr[u]pter

Les grandes douleurs sont muettes,
Les petites douleurs sont rares.
Jacques Lacan – *Le Séminaire*, livre XXIII

Quand l'économie s'arrêtera définitivement, que l'argent ne vaudra plus rien et que les bourses mondiales resteront fermées, on découvrira qu'on peut parfaitement survivre sans réunions du lundi ni badgeuse ni séminaires de cohésion. Dans le même temps, des millions de gens seront sans doute soulagés de constater qu'ils avaient raison de soupçonner que leur travail ne servait à rien d'important. Mais en attendant cette épiphanie, mieux vaut éviter de réfléchir à ces sujets anxiogènes et démobilisateurs et se rappeler que, pour une entreprise moderne, l'Apocalypse à venir sera une formidable opportunité d'enrichir les tâches de ses salariés, s'ils n'ont pas déjà été dématérialisés.

Bien entendu, comme à chaque fois qu'il s'agit de changer de paradigme managérial, c'est le personnel qui sera le maillon faible, rechignera à se remettre en question et ralentira la nécessaire adaptation avec ses états d'âmes.

Ce manque de souplesse semble même frapper ma nièce la plus performante, celle qui est toujours en visioconférence, en baskets Veja et, aujourd'hui, en dépression. C'est d'autant plus surprenant que je la croyais à l'abri de tout ce qui fait mal dans la vie. Elle a un emploi bien payé au sein d'une firme sympa-innovante, un mec déconstruit, une pompe à bière et même un Thermomix. Ça s'est gâté après qu'elle a suivi une formation intitulée « Faire plus avec moins ». Dès son retour dans l'entreprise, on lui a demandé de se servir de ses nouveaux acquis pour prendre de la hauteur en restant près du terrain, lancer des initiatives en respectant les directives et prioriser les priorités prioritaires. Lors de son dernier entretien d'évaluation, on l'a félicitée pour ses résultats semestriels et on lui a proposé de choisir entre deux types de poste : l'encadrement d'une équipe ou la recherche de nouveaux clients. Elle a choisi spontanément la seconde proposition et sa cheffe lui a dit en soupirant : « Je suis très déçue que tu refuses de prendre des responsabilités au sein du collectif de travail… » Ma nièce a commencé à montrer des signes de désarroi et sa cheffe lui a alors rappelé que tout ce qu'on lui demandait c'était d'être elle-même et de faire ce qu'on attendait d'elle. Je crois que très bientôt, pendant son congé maladie, nous allons l'héberger.

Notre refuge néorural accueille ainsi de temps en temps des amis qui travaillent dans des secteurs en pleine révolution et qui ont du mal à remettre en question leur petit confort professionnel. Pour eux, séjourner chez nous au milieu de nulle part constitue une bienfaisante échappatoire, une sorte de réensauvagement salvateur. Pour répondre à leur besoin d'être utiles aux autres et au monde, nous leur confions des tâches concrètes et pleines de sens qui leur font oublier leur boulot à la con : rentrer le bois, récurer les sols, trier les lentilles, balayer le garage, tailler les haies, astiquer les cuivres, désherber la terrasse, ramasser les feuilles, retourner le compost, biner les pommes de terre, éplucher les poireaux…

Nous hébergeons régulièrement notre copine Juliette qui essaie de faire classer son burn-out en affection de longue durée par sa mutuelle. Juliette travaille comme assistante commerciale dans une boîte qui vend des emballages rigido-flexibles pour l'agroalimentaire. Suite à l'audit d'un cabinet spécialisé en « pratiques innovantes et conduite du changement » elle s'est récemment fait élargir les compétences, sans anesthésie. Les auditeurs ont repéré dans le département de Juliette des gisements de profitabilité qui crevaient tellement les yeux que personne ne les voyait à cause de la routine délétère qui ankylose tant d'entreprises. Le bureau individuel, par exemple, aberrant gaspillage de place à l'heure du télétravail, alors qu'il suffit de donner à chaque collaborateur un caisson à roulettes pour y ranger ses trombones, son mug fantaisie et ses anxiolytiques. Quand l'employé est présent, il glisse son caisson sous un plan de travail anonymisé et régulièrement désinfecté ; quand il travaille chez lui, il libère de précieux mètres carrés où un collègue de passage peut à son tour garer son caisson. Cette rationalisation de l'espace a fait gagner à sa boîte un étage entier sur les trois qu'elle occupait. Il a suffi d'empiler quelques armoires les unes sur les autres et de ne pas déballer tous les cartons du déménagement. Ainsi, la nouvelle « topologie collaborative » a permis de réduire de 33% les frais fixes tout en « solidarisant le collectif » dans un esprit « garage » et « conquérant ».

Autre conclusion du rapport : « Si les salariés sont heureux, ils sont plus performants. » Ce qui a conduit à la création d'un poste de « référent bien-être [9] », un genre de chef d'équipe mais en plus

9. « *Chief Happiness Officer* » en français du Medef.

décontract', créateur de liens, impulseur de projets et générateur de synergies conviviales, responsable de la bonne ambiance générale. Comme la directrice des ressources humaines en place, celle qui avait commandité l'audit, n'était pas *happiness* compatible, il a fallu s'en débarrasser aux prud'hommes et la remplacer par une jeune femme plus sympa et beaucoup moins chère. D'où l'idée de sommer ma copine Juliette d'être volontaire.

Désormais, Juliette s'occupe, en plus de ses tâches habituelles, des Tickets restaurant, des bourrages de l'imprimante et du détartrage de la cafetière. Elle propose parfois des initiatives de consolidation des équipes : dégustation d'apéritifs-cocktails sans alcool, démonstration-vente de robots de cuisine, cours de yoga dans la salle de réunion. Récemment, elle a lancé un appel aux plantes vertes (#apportetaplante) afin d'encourager tous les membres du collectif à végétaliser le local où sont rangés les caissons.

Certes, comme le prévoyait le rapport d'audit, « il n'y a pas de dépassement de l'existant sans remise en cause personnelle » mais, selon Juliette, la nouvelle organisation est si prenante qu'elle en oublie souvent qu'elle est en dépression.

D

[D]outer

Il y a une probabilité de 63% que cette phrase soit fausse.
VINCENT HAUDIQUET – *BRÈVES DE CONFUCIUS*

La Fin du monde, si elle n'est pas expliquée avec suffisamment de tact et de pédagogie à la population, aux syndicats et aux corps intermédiaires, risque de provoquer des mouvements de colère populaire incontrôlables, voire des grèves à la SNCF. Tous, que nous soyons cheminots ou simples citoyens, nous aurons raison de râler devant cette frustrante interruption de l'Histoire qui fera que notre génération sera la seule, depuis l'aube des temps, à ne laisser aucune trace dans les manuels puisque plus personne ne sera là pour les écrire et encore moins les lire.

Il y aurait eu pourtant des tas de choses intéressantes à consigner sur la fin brutale de l'Anthropocène : la grande paralysie numérique, les fléaux divins à l'ancienne (bubons, pustules, vermines…), l'élection de ChatGPT à la Maison Blanche. Bref, nous aurions bien mérité, nous aussi, d'appartenir à la grande Histoire.

Mais au fait, de quelle « Histoire » parle-t-on ?

De l'Histoire officielle telle qu'on veut bien nous la raconter ? Ou de la vraie, celle qu'on nous cache ?

En ces temps de faits alternatifs, mieux vaut se méfier de ce qu'on croit qu'on pense qu'on sait. Cela vaut également pour ce qu'on pense qu'on croit qu'on sait et pour ce qu'on sait qu'on croit qu'on pense. Au printemps 2020, sous l'effet d'un ennui languissant et d'une intuition lumineuse, j'ai eu l'étrange idée de consulter mon compte Facebook en prenant le temps de plonger très profond dans l'historique du fil d'actualité jusqu'à atteindre des publications que je n'ai jamais le temps de lire d'ordinaire. De cette exploration des abîmes, je rapportai quelques RIP périmés, des publications de graphomanes comme moi essayant de vendre leurs bouquins et des tonnes de jeux de mots rappelant, comme l'a écrit Victor Hugo, que le calembour est « la fiente de l'esprit qui vole ». Et puis, un jour, je découvris la publication de l'un de mes cinq mille amis inconnus intitulée : « Voilà a qui profite vrément la pandémy. » L'image floue d'un corps en blouse blanche étendu sur le sol me glaça l'échine et me contracta le pylore. Je cliquai sur le lien qui proposait d'en apprendre plus et atterris sur le site www.stopmensonges.com, spécialiste de la Fin du monde. Dans une grammaire protohumaine et une orthographe post-réforme pédagogique, on y étalait au grand jour la responsabilité des Reptiliens, vraisemblablement conseillés par McKinsey, dans l'extinction programmée de la race humaine. L'implacable dénonciation commençait par une question : « Si vous étiez des Aliens venus sur Terre il y a 300 000 ans et que vous vouliez créer une race d'esclaves (les Humains), comment les garderiez-vous sous contrôle [10] ? » En ce beau matin d'avril étrangement ensoleillé, je me retrouvai abîmé soudain dans la plus profonde perplexité : si c'était moi qui avais bricolé les Humains pour en faire mes esclaves

10. Le texte est ici transcrit en français courant afin d'éviter une crise de nerfs à la correctrice de cet ouvrage.

avant de les détruire, comment m'y prendrais-je pour les maintenir à l'état captif ? Je crois qu'au préalable, je serais intraitable sur le niveau de français de mes créatures. Le premier qui écrirait « ont vous men » ou « ils veule vous manipulé », prendrait direct la porte du temps avec retour par vortex spatio-temporel à l'école primaire.

Ceci fait, en bon Reptilien, je ferais exactement ce qui était décrit par le site :

1. « Enfouir tous les vestiges archéologiques révélant la vérité sur l'arrivée des Reptiliens sur Terre. » Sauf les pyramides et les statues de l'île de Pâques que je n'aurais pas fini d'enterrer.

2. « Divertir mes esclaves avec des médias mensongers pour les abrutir. » Ce qui expliquerait notamment les audiences de Cyril Hanouna.

3. « Créer des esclaves de couleurs et de religions différentes pour qu'ils restent divisés et pour entretenir le chaos. » Pour ajouter encore plus de bordel et de division, j'aurais aussi créé les équipes de foot et le mille-feuille administratif.

Car, concluait le site, « Division = Contrôle ; Contrôle = Pouvoir. Division + Pouvoir = Élimination des Humains. »

Au lieu de passer à une autre publication sur les Illuminati, les adulateurs du compteur Linky ou le club Bilderberg, je consultais, les jours suivants, les tas de preuves accumulées au fil des siècles par stopmensonges et, peu à peu, je me mis à douter. Chaque matin un peu plus, je doutais, et le soir, doutant de m'endormir, je redoutais la nuit. Au réveil, je doutais d'avoir dormi et entre-temps, je doutais de mes doutes. Si le site stopmensonges avait raison ? Si nous n'étions pas coupables de notre extinction mais victimes, comme toujours, de « Ceux d'en-haut », ces puissants qui nous gouvernent ? Si ce qui nous arrive n'était pas de notre faute mais exclusivement de la leur ? Si les méchants ce n'était jamais nous mais « les Autres » ?

Et si c'été vrè ?

C

Scruter le [c]iel

La majorité des extraterrestres ne croient pas aux humains.
Pierre Légaré – *Mots de tête*

La Catastrophe finale pourrait fort bien avoir lieu avant que l'on découvre que nous ne sommes pas seuls dans l'Univers et on ne saurait alors jamais si quelqu'un d'autre que nous était au courant de nos problèmes d'Apocalypse. Si, en revanche, elle a lieu après qu'on aura découvert qu'« Ils » sont là, on pourra les saluer avant de disparaître en s'excusant par avance, en voisins sympas, pour le bruit et la fureur.

La nuit, chez nous, entre les avions en approche de Roissy, quelques satellites espions furtifs et la Tesla Roadster envoyée en orbite par Elon Musk, le ciel scintille paisiblement. Il nous arrive alors parfois de penser à « Eux », tout là-haut, ou tout en bas puisque tout est relatif depuis Einstein. Comme disait, à peu près, Carl Sagan à la télé, « l'absence de preuve de leur présence n'équivaut pas à une preuve de leur absence de présence ». Qui sait ? un jour peut-être, pour changer un peu des bases militaires au fin fond des déserts américains, ils pourraient choisir le nôtre, de désert, pour y organiser une rencontre informelle.

Où qu'ait lieu la découverte de leur présence, les spécialistes les plus sérieux s'accordent à dire qu'elle est imminente. En 1950, le prix Nobel de physique Enrico Fermi se demandait déjà : « Où sont passés les extraterrestres ? » Selon le brillant physicien, compte tenu du jeune âge de notre Soleil comparé à celui de milliards d'autres étoiles, des êtres vivants ont forcément dû apparaître ailleurs – c'est statistiquement démontrable – et le fait qu'on n'en ait aucune manifestation tangible, anomalie qu'on appelle depuis « paradoxe de Fermi », ne peut s'expliquer scientifiquement que de sept façons :

Hypothèse n° 1 : les statistiques, comme les sondages, se trompent et on ne doit donc pas les croire. Nous sommes absolument seuls (et sans excuses, rajouterait Sartre) dans l'Univers et il va falloir se faire à l'idée que Steven Spielberg et Jean-Claude Bourret nous ont menti. Moralité : comme s'échine à le répéter Blaise Pascal à chaque épreuve du bac de français, nous, pauvres Humains, sommes un milieu entre rien et tout, perdus dans un Univers désenchanté dont le centre est partout et la circonférence nulle part, ce qui ne facilite pas le calcul du diamètre du Cosmos.

Hypothèse n° 2 : il y a de la vie quelque part mais si primitive (amibes, plantes, tiktokeuses…) qu'elle n'est pas encore capable de se manifester à l'extérieur de sa propre galaxie. Toutefois, ça devrait finir par se faire, dès qu'« Ils » auront découvert le feu, la roue et la propulsion à plasma d'hydrogène – comptez quelques millions d'années.

Hypothèse n° 3 : « Ils » existent bien mais « Ils » communiquent de façon trop complexe pour notre intelligence de sorte que leurs messages sont incompréhensibles et le dialogue avec « Eux » impossible. Un peu comme si un cerveau humain essayait de décrypter une directive européenne quant à la gouvernementabilité subsidiaire relative aux États membres sur la décisionnabilité à la majorité qualifiée concernant la libre circulation des biens et des personnes.

Hypothèse n° 4 : « Ils » étaient là bien avant nous dans un coin de l'Univers, ainsi que prévu par tous les modèles statistiques, mais « Ils » ont malencontreusement été détruits par une grosse catastrophe, comme celle qui est en train de nous arriver, ou par l'explosion de l'étoile qui les réchauffe, comme cela arrivera quand notre Soleil, fatigué de toujours devoir briller en société et ayant épuisé son petit cœur d'hydrogène, fera sa transition en géante rouge et qu'on pourra bronzer même sur la face cachée de la Lune.

Hypothèse n° 5 : leur message est en cours d'acheminement mais il suffit que leur planète soit située à 10 000 années-lumière de chez nous pour qu'il ne nous arrive que dans 10 000 ans. Si, en plus, « Ils » appellent le Cnes un jour férié, « Ils » tomberont sur le répondeur et n'auront le message qu'après 10 000 ans de plus et seront obligés de rappeler dans 20 000 ans, on n'est donc pas couchés.

Hypothèse n° 6 : « Ils » nous évitent. « Ils » sont venus, « Ils » ont vu, « Ils » ont vomi, et après quelques ennuis mécaniques dans le désert de Roswell, « Ils » ont pris leurs podes à leur cou et ne sont pas près de revenir car « Ils » détestent la mondialisation heureuse, les circulations douces à mixité d'usages et la cuisine moléculaire. Qu'on ne compte donc pas sur « Eux » pour la prochaine fête des voisins.

Enfin, septième et dernière option très sérieusement envisagée comme solution possible au paradoxe de Fermi : « Ils » sont déjà là, sous une apparence humaine, « Ils » essaient de partager nos vies quotidiennes et « Ils » auront le droit, eux aussi, de vivre l'Apocalypse à nos côtés. Cette hypothèse très *Men in Black* d'une communauté d'Aliens camouflés et s'efforçant maladroitement de s'intégrer, avec les difficultés à se faire comprendre que cela suppose, me séduit plutôt. Ça expliquerait notamment la manière dont sont rédigés les courriers de l'Urssaf.

V

[V]oyager encore

Avec l'avion, nous avons appris la ligne droite.
ANTOINE DE SAINT-EXUPÉRY – *TERRE DES HOMMES*

Où passer la Fin du monde ? De plus en plus d'Humains se posent la question. Si nous avons choisi la simplicité et la commodité d'une Apocalypse néocampagnarde, d'autres aimeraient pouvoir la passer dans un climat privilégié, loin des dévastatrices submersions marines, des interminables canicules et des mégafeux de forêts. Alors que le pôle Nord a moins la cote depuis qu'il a commencé à rétrécir, l'Antarctique reste une valeur refuge. Mais comment y aller ?

Depuis qu'est né, en 2018, en Suède, le mouvement *flygskam* – ou « avihonte » en québécois lourd – les touristes insatiables, comme moi, assument de moins en moins de s'envoler pour admirer à l'autre bout du monde les dernières forêts primaires qu'ils contribuent à détruire en allant présenter leurs sincères condoléances aux séquoias géants qui n'ont pas encore brûlé. D'autant que, selon une étude de plus, l'aviation, jets privés des footballeurs compris, serait responsable de 4% des émissions de gaz à effets de serre. Quand on commence à y penser, comment ne pas se gâcher le dépaysement assuré ?

Ne devrions-nous pas plutôt rester chez nous, laisser les nouveaux aventuriers faire le voyage à notre place et nous rapporter des souvenirs ? Ce ne sont pas les explorateurs volontaires et leurs fidèles drones qui manquent. Calé dans son fauteuil, sans désarmer les toboggans ni vérifier la porte opposée, il suffit d'allumer son téléviseur pour s'offrir de fabuleux voyages à zéro émission ou presque.

Dernièrement, j'ai ainsi dégusté sur l'écochaîne Ushuaïa TV une expédition bien glacée au pôle Sud. Cinquante-deux minutes de frissons extrêmes retraçant l'exploration de l'Antarctique par un jeune aventurier français de 27 ans à barbiche et tatouages réglementaires qui avait troqué sa trottinette pour des raquettes à neige. Le jeune et dynamique explorateur avait visiblement vaincu sa *flygskam* car, après une dizaine d'heures d'A380, il montait dans un biréacteur rempli de grands témoins désireux, comme lui, de montrer au monde entier que le continent blanc est en danger. Face caméra, notre héros a commencé par rassurer le téléspectateur : les autres expéditions en solitaire qui se bousculaient autour de lui allaient bientôt se disperser dans le néant glacé et il serait absolument seul, comme promis à ses sponsors. À raison de 25 km par jour, il allait lui falloir plus de cinquante jours pour toucher au but, soient près de 1300 km de solitude en tirant derrière lui un traîneau de 115 kg et en tenant à bout de bras une perche à selfies et une télécommande de drone. Mais c'était pour la bonne cause.

Dès les premiers kilomètres, le milieu se révéla hostile : le brouillard refusant de se dissiper, c'est à peine si l'on distinguait les logos des marques partenaires sur l'anorak de l'aventurier. Puis le soleil qui ne se couche jamais décida subitement de se lever : les prises de vue étaient surexposées, la température explosait (-12° C) et la buée s'incrustait dans les objectifs. Malgré toutes ces épreuves, notre aventurier tint bon. Le soir, sous le bivouac, on l'entendait en voix *off* se livrer à une introspection sans concessions : « Qu'est-ce qui a bien pu me pousser à venir en Antarctique manger des soupes lyophilisées ? Le monde n'est-il qu'un vaste décor de téléréalité ? Parviendra-t-on à spectaculariser même le Désastre ? Je rêve ou j'ai entendu un bruit de moteur ? » Vérification faite, le lendemain matin, il s'agissait d'une expédition concurrente pour la télévision allemande.

Le jour suivant, il croisa un convoi de Range Rover trimbalant une joyeuse bande d'aventuriers finlandais à la peau cuivrée qui revenaient de faire la fête autour du Pôle. Tout le monde se congratula, on se filma mutuellement et on fit le même constat : l'Antarctique, ce n'est plus ce que c'était, il y a trop de monde, les poubelles ne sont pas ramassées et ça fond de partout. On se croirait sur l'Himalaya. Malgré tout, dans un dernier effort, notre grand témoin reprit sa route. Encore quelques heures de solitude et il put enfin filmer son reflet sur la sphère en inox plantée dans la neige, à l'endroit où commence et où finira la planète.

A

Aller les uns chez les [a]utres

Le voyageur voit ce qu'il voit,
le touriste voit ce qu'il est venu voir.
GILBERT KEITH CHESTERTON – *L'HOMME À LA CLÉ D'OR*

L'imminence de l'Apocalypse, n'est-ce pas une irrésistible invitation à aller à la rencontre de l'autre avant qu'il ne soit trop tard ? Quitte à s'installer chez lui grâce aux sites de location entre particuliers.

La dernière fois, pour nous, c'était à Rome et en train car, bien que nous ne soyons qu'en mai, nous avions déjà atteint notre quota annuel de carbone émis. Notre logement était noté « *Oh My God! Amazing*[11]*!* » décliné dans toutes les langues du monde et, du balcon, moyennant une extension-rotation des lombaires, on pouvait y siroter son spritz avec une vue imprenable sur le Colisée. La propriétaire des lieux, la signora Woo, qui venait d'obtenir son statut de *Superhost,* nous offrit l'accolade d'accueil réglementaire Airbnb mais masquée FFP2, ainsi qu'une visite détaillée des lieux

---

11. « Saperlipopette ! Épatant ! »

en insistant, avec son charmant accent italo-mandarin, pour qu'on ne démonte pas les détecteurs de fumée et qu'on ne jette pas de paquets de chips dans le Sanibroyeur. Elle avait dû héberger Booba avant nous, ou un bus de supporteurs hollandais.

Côté agencement, tout était bien pensé. Afin qu'on ne se perde pas dans les 32 m² de notre pied-à-terre, des lettres géantes en relief étaient collées sur les murs : « *Cook* » devant le coin cuisine, « *Bed* », au-dessus du canapé-lit et « *Bath* » sur la porte des toilettes. Dans le séjour, une série de photos en noir et blanc – le Taj Mahal, le Sacré-Cœur, le Manneken-Pis, Big Ben… – créait une ambiance internationale élégante, comme autant de réminiscences d'un voyage au rayon salons et salles-à-manger chez But.

La signora Woo nous fit également une démonstration d'ouverture du canapé-lit Yotlüng : il suffisait d'emboîter les tables gigognes Lövbackin et de déplacer la console à roulettes Zalmörg en faisant très attention au bouddha en plâtre ; enfin, elle nous salua d'un jovial « *Willkommen aus Romasburg!* ».

On débrancha immédiatement le diffuseur de parfums jasmin-lotus, on jeta nos fringues de citadins grisâtres dans l'armoire Kvïkne, on enfila bermudas, baskets et mini-chaussettes, polos cols relevés, sacs à dos à antivols et on sortit *incogniti* nous mêler à la foule bigarrée de notre quartier pittoresque.

Dans les boutiques obscures, le petit peuple de la ville aux sept collines achetait qui une râpe à parmesan, qui un calendrier du Pape, qui des raviolis en forme de bites. Nous croisâmes aussi quelques inévitables touristes, sans doute passagers d'EasyJet car ils faisaient peser leurs achats afin d'éviter les gardes à vue pour supplément de bagage à l'embarquement.

Puis ce fut l'heure de l'incontournable *gelato all'italiana*. Pas question de faire la queue devant les *gelaterie* de masse. Un coup d'œil au dossier spécial du magazine *The Good Life* « City break dans la Rome secrète » nous fournit l'adresse ultraconfidentielle du glacier préféré de Monica Bellucci. Nous nous rendîmes donc chez Mimmo pour y déguster le parfum du mois, mozzarella-provolone-basilic, entre initiés. Heureux d'avoir échappé à la vanille et à la fraise du surtourisme, nous nous égarâmes ensuite dans de petites rues étroites, tellement secrètes que même Google Maps ne les connaissait pas. Mais n'étions-nous pas venus aussi pour nous perdre un peu, quitte à manger dans des endroits non recommandés par Tripadvisor et au risque de rencontrer des Italiens ?

On ne dira jamais assez à quel point la ville éternelle est l'endroit idéal pour un petit séjour de préparation à la Fin du monde. Chaque arc de triomphe écroulé, chaque temple éventré, chaque MacDonald récemment inauguré vous rappelle qu'ici, on n'a pas attendu Houellebecq et Onfray pour apprendre que les empires sont mortels, les civilisations et les traditions pluriséculaires passagères et que le début de la Fin a commencé il y a plus de deux mille ans.

Bien éclairée, c'est beau une ville qui n'en finit pas de mourir. Surtout *la notte, la notte,* comme le murmure si justement Étienne Daho. En organisant notre petite fugue transalpine, j'avais évidemment en tête sa chanson *Week-end à Rome* : « … coincer la bulle dans ta bulle, poser mon cœur bancal dans ton bocal, ton aquarium. » Finalement, nous ne nous coinçâmes que le dos dans le canapé-lit Yotlüng dont le confort exigeant nous rappela le temps béni de notre jeunesse où nous nous aimions jusque dans les baignoires.

Le dimanche soir, en faisant mélancoliquement tressauter notre valise à roulettes pleine de cafetières sur les trottoirs bosselés de la ville sainte, nous savions que nous laissions dernière nous, outre le berceau et le tombeau de la civilisation chrétienne et un Sanibroyeur bouché par *The Good Life,* l'authentique et à jamais perdue dolce vita.

H

[H]iverner

C'est l'hiver, les arbres sont en bois.
JULES RENARD – *JOURNAL*

Faudra-t-il aller jusqu'aux pôles pour ne pas mourir de chaud ? Pour quelques prévisionnistes, sûrs de leur modélisation du climat de l'Apocalypse, c'est totalement inutile car la Fin du monde sera suivie, y compris sous nos latitudes bourgeoises et tempérées, d'une ère glaciaire dont la rigueur et la durée mettront à rude épreuve la patience et l'humeur des rescapés, forcés d'hiverner sans perspectives de printemps avant plusieurs siècles.

J'imagine d'autant plus facilement ce que risquent d'endurer les survivants que je connais bien l'hiver pour l'avoir maintes fois traversé chez nous, où, à partir de novembre, vers 17h, quand la souffleuse à feuilles du voisin est en panne, un silence absolu s'abat sur la campagne. Dans le salon cathédrale impossible à chauffer, on n'entend plus que les dernières mouches de l'année foncer tête baissée dans les vitres pour en finir au plus vite. Dès lors l'ambiance vire au maussade, propice aux idées noires, au vote extrême et aux abus de vin chaud… mais cela ne dure pas plus de six mois et nous avons appris à adoucir cet hivernage forcé grâce à l'art danois du *hygge*.

C'est Pia Petersen, une amie écrivaine danoise, qui nous a initiés au *hygge*[12], ce sentiment de bien-être profond et d'humeur sereine qui, en dépit du froid, du silence glacé et de la nuit perpétuelle, naît d'une atmosphère intime et chaleureuse. Ce n'est pas par hasard que le *hygge* vient du Danemark, le Danois goûtant la stase hivernale à peu près autant que les æbleskivers à la cannelle, les ° sur les a et les / dans les o. Notre amie Pia pratique elle-même le *hygge* et, chaque hiver, elle aménage soigneusement son petit appartement de Vincennes pour le rendre aussi confortable qu'un chalet qui va passer six mois sous trois mètres de neige.

Il faut s'entourer de bougies : le Danois en brûle plus de six kilos par an. Ensuite, il faut préparer soi-même un bon gâteau aux clous de girofle qui embaume toute la maison et éloigne les trolls. Enfin, il faut enfiler de grosses chaussettes en laine et se blottir contre quelque chose de chaud et de soyeux : chat, plaid, toison pectorale de son voisin de canapé… Un bon fauteuil ergonomique aux lignes pures, quelques cartes de vœux en bois à fabriquer soi-même, un bain chaud aux canneberges, des amis sociaux-démocrates blonds aux yeux bleus, une caisse de bordeaux et on oublie vite que dehors il fait encore nuit. Ce n'est pas pour rien que les Danois sont les champions du monde en bonheur. En suicide, ils ne sont que deuxièmes, derrière les Finlandais.

Pour l'éternel hiver de la Fin des temps, en sus des pastilles d'iode, ne faudrait-il pas distribuer aux populations des moules à gâteaux, une boîte de Lego et des pyjamas en pilou ?

---

12. Prononcer høügå.

M

[M]anger

La cuisine simple, c'est ce qu'il y a de plus compliqué.
JOËL ROBUCHON – « BON APPÉTIT, BIEN SÛR ! »

À force de parler des 20% de nourriture jetés à la poubelle dans un monde où 39% des adultes sont en surpoids alors que 10% souffrent de malnutrition, on finirait presque par oublier qu'en ces temps imprégnés de millénarisme, il n'y a rien de tel qu'une bonne blanquette pour se remonter le moral et penser à autre chose. D'autant que les émeutes de la faim n'ont toujours pas commencé en France, à part peut-être dans les restaurants universitaires le jour des frites.

Chez nous, où l'Apocalypse est en avance, l'agriculture s'est spécialisée dans l'excédent subventionné à la tonne. Mais il subsiste quelques endroits privilégiés où l'on ne cultive pas les légumes pour les brûler et où l'on ne recueille pas le lait pour le déverser devant les préfectures. Il y a même un restaurant qui veille au respect de la terre, des saveurs et de ce patrimoine gastronomique que le monde entier nous envie.

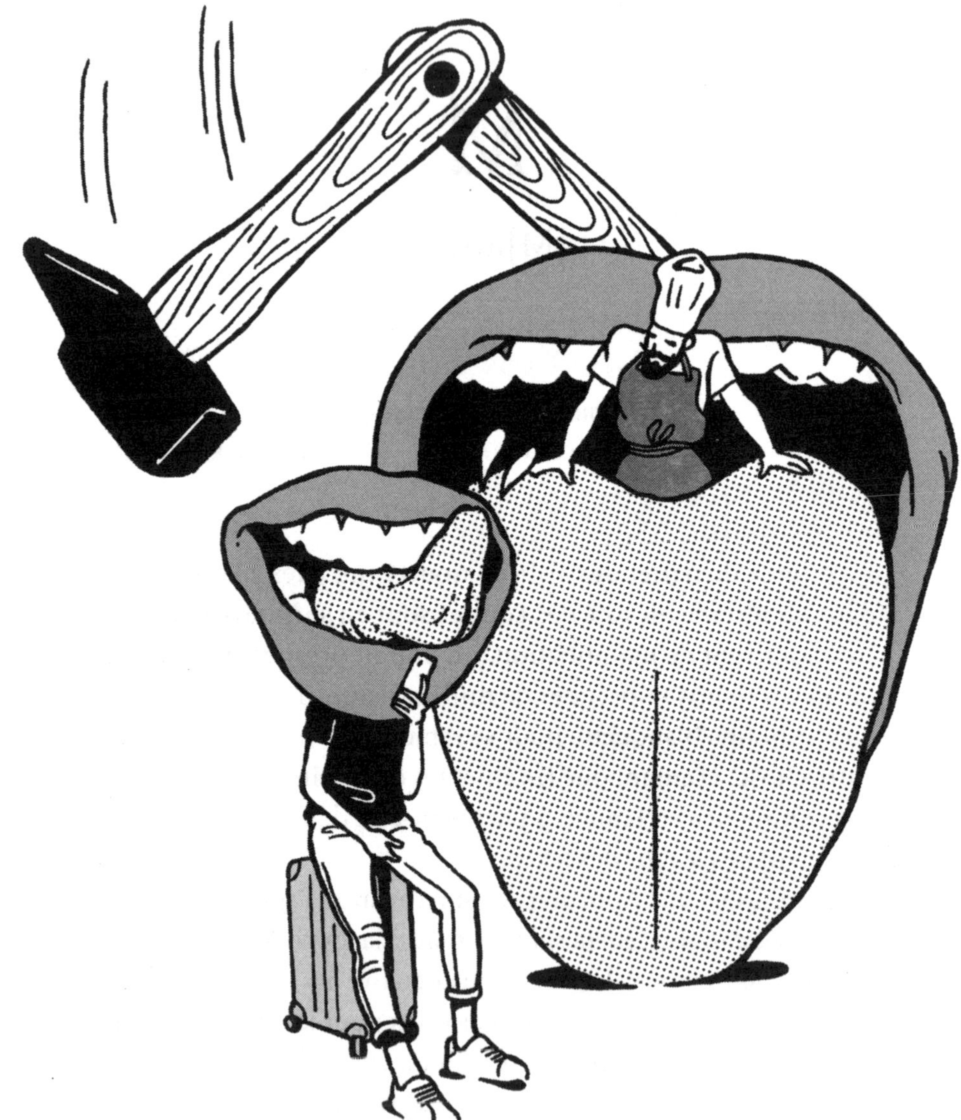

Bien sûr, cela coûte un peu plus cher que de se faire cuire un œuf, même aux truffes, mais quel est le prix de l'excellence ? Nous nous le demandions encore, la dernière fois que nous en avons fait l'exquise expérience grâce à un jeune cuisinier [13] qui, après un passage remarqué dans l'émission « Top Chef », a repris la petite auberge de ses parents dans un village propret et désert de la Champagne toute proche.

Tout en parcourant le menu et la carte des vins, nous fûmes invités à prendre connaissance de l'épaisse revue de presse consacrée à celui qui se définit comme un « bricoleur de saveurs » veillant à ce que ses plats soient « francs, amicaux et tout simples », tel son « pigeonneau sans antibiotiques en escabèche et damier de foie gras farci aux œufs de caille en meurette de thé yuzu » à saucer sans façon avec une vraie tranche de pain bio au levain.

En attendant d'obtenir le Bocuse d'or, le Ducasse de platine ou le Gagnaire de porphyre, Alain-Jérôme garde la tête aussi froide que ses pieds de cochons à l'hélium liquide et n'omet jamais au cours de ses interviews d'évoquer son adolescence dans le modeste établissement familial où il fallait se débrouiller sans voiturier ni sommelier ni maître affineur ni pousseur de chaises. On comprend mieux pourquoi ce fils unique, qui a tout appris sur le tas, déclare qu'il n'oubliera jamais le jour où il a vu son père monter lui-même une chantilly à la main pendant que sa grand-mère sucrait les fraises.

C'est pour cela qu'aujourd'hui, quand il ouvre un restaurant à Dubaï, Taipei ou San Diego, Alain-Jérôme pense à ses racines, fidèle en cela à la démarche « True Food® » qu'il a popularisée sur Instagram et déposée à l'INPI. Sa *cooking vista,* exposée dans un livre en vente au vestiaire de l'auberge, affirme que face à une

---

13. Que nous rebaptiserons Alain-Jérôme afin de pouvoir y retourner dîner.

cuisine française devenue trop bavarde à cause des sauces, du beurre et des assaisonnements, « c'est le produit qui doit être la vedette, pas le chef ! ».

D'où ses petits légumes, cultivés dans son potager en permaculture et servis « en plénitude », sans les éplucher, ou le détournement de grands classiques comme sa très ludique « quintessence de soupe au chou de ma mémé », proposée sous forme de vapeur de chou parfumée à la saucisse que l'on inhale sous une serviette à carreaux.

Cette simplicité revendiquée se retrouve jusque dans la taille modeste des portions et même dans les tarifs, puisque tous les plats ont des prix multiples de 40 euros et sont donc faciles à additionner.

Quand on l'interroge, en dernière page de *Libération*, sur le montant un peu salé de ses additions, Alain-Jérôme aime à rappeler que « ce dont l'être-mangeant jouit, c'est non seulement un signifiant – le plat – mais également un signifié – son prix – par nature aussi illimité que l'horizon des saveurs (rires) ». Dans sa générosité, il en oublie de préciser que les mignardises sont offertes avec le café.

Quand nous serons obligés de manger les insectes et les vers que les eschatologues nous promettent, j'espère que ce sera Alain-Jérôme qui revisitera les assaisonnements.

R

Tout [r]égler

Les cryptomonnaies sont notre futur car, de même
qu'on ne peut reconstituer les œufs à partir d'une omelette,
il est impossible de désinventer une technologie.
ANDREAS ANTONOPOULOS, INSPIRATIONAL SPEAKER

L'un des innombrables avantages de l'imminence de l'Apocalypse à venir, c'est qu'elle nous dispense d'essayer de comprendre comment fonctionnent les cryptomonnaies puisqu'elles s'éteindront définitivement en même temps que les centrales électriques qui les alimentent et seront remplacées par le troc, plus ou moins solidaire et équitable, entre chasseurs-cueilleurs.

Une chance qu'on en soit bientôt débarrassé pour toujours parce que j'ai essayé de m'initier aux blockchains, architecture sous-jacente aux devises virtuelles, et c'est aussi abstrus que l'exégèse d'un film de Lynch rédigée par Deleuze et Guattari. Ce que j'ai retenu, c'est que grâce aux cryptomonnaies on est libéré des pièces jaunes, des billets verts et des jeudis noirs. Accessoirement, « cette décorrélation entre l'avoir et le réel abolit l'ancestrale

fixation sadico-anale sur l'argent » m'a également expliqué ma psy qui préfère toutefois le liquide. Mais c'est surtout par l'intermédiaire de ma nièce que j'ai un peu mieux saisi les tenants et les aboutissants de la révolution en cours.

Elle vient de plaquer son compagnon qui travaillait sur Windows 10 pour une mutuelle même pas en ligne et elle s'est mise en couple avec Darshan, développeur pour des cryptomonnaies.

Darshan est d'origine indienne mais parle couramment plusieurs langues : le C, forcément ; l'anglais, c'est clair ; et aussi, très très lentement, le français. Il fait d'ailleurs tout très doucement car il travaille depuis son lit. Ça fait partie de sa philosophie : « Si tu bosses dans le cyberspace comme si t'étais dans la vie, à quoi bon… ? »

Chaque fois qu'il contribue à développer une nouvelle cryptomonnaie, comme gage de motivation il se fait payer en partie avec celle-ci. En trois ans, ses économies virtuelles ont été multipliées par vingt-trois car, à part l'effondrement sur elle-même de la Luna, le plongeon en triple axel vrillé des bitcoins et les faillites des banques virtuelles, jusque-là tout allait bien pour les cyberdevises.

Darshan a calculé que s'il convertissait toutes ses crypto-économies en vrais billets, il pourrait vivre dix ans sans travailler, même couché. Mais il m'a averti qu'il ne faut surtout pas vendre quand ça monte sinon ça baisse. Et quand ça baisse, c'est encore moins le moment de vendre puisque ça baisse. Je n'ai pas pu m'empêcher de lui faire remarquer que ça ressemblait d'assez près à une bonne vieille pyramide de Ponzi, l'inusable arnaque consistant à rémunérer les premiers pigeons avec l'argent des derniers arrivés jusqu'au jour où il n'y en a plus assez à plumer. Il a mollement éclaté de rire et m'a lentement expliqué que pas du tout puisque justement, grâce aux blockchains et au Web3 décentralisé, on est enfin débarrassés des banquiers, des États voyous et du CAC 40 et qu'on peut avoir confiance vu qu'on est entre nous. Sauf si on vend.

C'est ainsi que Darshan est en même temps cryptoblindé et aussi fauché qu'un graphiste freelance autoentrepreneur. Mais il s'en fout paisiblement. Ma nièce a l'air d'avoir été convaincue puisqu'elle a converti son PER et son PEL en cryptos rigolos délocalisés un peu partout sur le Web3. Tant qu'ils ne me demandent pas de les dépanner en blé ancien quand débutera la grande famine…

I

[I]nclure

Écrire au féminin, c'est écrire ce qu'elle écrit
quand elle écrit comme une femme.
Annie Ernaux – Écrits de femme

Pourquoi l'Apocalypse est-il – ou elle –, comme par hasard, un mot féminin ? S'il fallait une seule preuve de la violence symbolique véhiculée contre les femmes par la langue française, celle du genre de « la » Fin « du » monde (encore des hasards ?) serait largement suffisante.

Au terme de siècles de petites magouilles entre bonhommes, les grammairiens et les académiciens sont parvenus à masculiniser le français, attribuant en douce le sexe fort aux plus jolis mots de notre langue : « le » soleil, « le » lion, « le » nouvel iPhone… et laissant le féminin aux animaux ridicules comme « la » girafe même quand c'est un mâle, aux faibles et aux assistés comme dans l'expression « aide à "la" personne » ou encore aux masses de gens stupides : « la » foule (alors que « le » peuple qui, lui, est noble, est évidemment masculin).

Depuis que l'apprentissage du français est devenu gratuit et obligatoire à l'école pour tous et toutes (double flexion), des générations entières de garçons, de filles et de non-binaires (triple flexion) apprennent ainsi par cœur que « le masculin l'emporte sur le féminin » et que l'adjectif qui qualifie plusieurs noms de genres différents s'accorde au masculin. D'où des phrases comme : « Les hommes et les femmes sont égaux », où l'on sous-entend que, malgré les belles promesses, les femmes ne sont pas égales puisque c'est le masculin qui, quoique éloigné de l'adjectif, l'est le plus.

Pour les psychanalystes, l'inconscient étant structuré comme un langage, cela explique qu'arrivés à l'âge adulte, les hommes se croient tout permis et qu'ils accaparent les meilleures places – chef de gare, époux, père… –, laissant aux femmes celles dont ils ne veulent pas – infirmière, femme au foyer, mère abusive…

Mais il ne sera pas dit que nous disparaîtrons toutes et tous avant d'avoir combattu ces injustices linguistiques faites aux femmes depuis Montaigne (tiens, encore un homme…). Car l'écriture inclusive est arrivée *in extremis* avant la fin de l'Effondrement global pour venger nos filles et nos compagnes.

Au début, comme tout le monde, j'ai trouvé graphiquement hideuse, éthiquement discutable, pathétiquement déconnectée des enjeux planétaires en cours et difficilement lisible cette économie de signes faite aux dépens du genre féminin. Mais on m'a ensuite rappelé que cette nouvelle langue est destinée à réparer les outrages faits à la moitié de l'humanité, même si pour le moment ce sont surtout les Françaises qui en bénéficient.

Accessoirement, l'écriture inclusive permet d'économiser des ressources naturelles. Par exemple, la phrase : « Tous les étudiants et toutes les étudiantes admis et admises au Capes seront bientôt professeurs et professeures… » devient en écriture inclusive :

« Tous·tes les étudiant·e·s admis·e·s au Capes seront bientôt professeur·e·s [14]... » Soit un gain de trente-six caractères sur cent douze (environ 30 %), ce qui, pour une thèse de quatre cents pages sur la déconstruction du genre, permet d'en économiser jusqu'à cent vingt.

C'est Mathilde, l'ex-copine de notre copain Yvon dont j'ai déjà parlé, qui m'a aidé à avancer dans mes réflexions sur l'écriture inclusive. Au sein de son agence, son travail consiste notamment à lutter contre l'invisibilisation des femmes dans la presse, lesquelles, quand elles ne sont pas effacées, sont représentées de façon stéréotypée.

Elle m'a fait remarquer par exemple qu'on écrit couramment d'une dirigeante de grande entreprise qu'elle a su « rester féminine », alors qu'on ne dit pas d'un coiffeur-visagiste qu'il a su « rester masculin ». De même, une ministre énergique sera dite « pète-sec » alors qu'un ministre teigneux sera admirativement qualifié d'« homme à poigne ». Et c'est partout comme ça, m'a-t-elle démontré. D'une actrice montant les marches à Cannes, on dira qu'elle portait « une robe sublime mettant en valeur sa plantureuse poitrine », alors qu'on ne fera jamais de commentaires sur l'entrejambe ridiculement rabougri d'un champion de natation sur le podium.

Mathilde est payée pour traquer et châtier inlassablement et impitoyablement cette révoltante dissymétrie de traitement, jusques et y compris dans les ministères et les administrations qui disposent d'un budget spécialement alloué pour cela, même quand ce sont des femmes qui écrivent – car j'ai appris qu'il y a des collabotes au sein du deuxième sexe.

Quand je lui ai dit qu'elle devait avoir énormément de travail pour corriger la publicité où les clichés de genre pullulent, j'ai senti

---

14. Il est également possible d'intercaler un « x » afin d'inclure les personnes intersexuées.

que j'avais touché un point sensible. Elle m'a répondu sèchement que c'est grâce aux annonceurs que les médias pour lesquels elle travaille peuvent payer ses services et que d'ailleurs les publicitaires ont signé une charte garantissant que les hommes seront représentés comme les femmes, que ce soit dans leurs bains moussants ou chez Carglass.

Mathilde est également chargée des « avertissements » sur le contenu éditorial. Ça consiste à alerter les pigistes et pigistesses quand iels rédigent des propos stigmatisants ou oppressifs envers des minorités. Il ne s'agit pas seulement de corriger la vieille misogynie ordinaire à la Serge Lama dans laquelle tous les hommes se complaisent, mais de traquer également la grossophobie, la moustachophobie, la pullàcolrouléphobie et autres stigmatisations des minorités, sans oublier de dénoncer le validisme qui représente les personne en situation de handicap en état d'infériorité par rapport aux oppresseurs en bonne santé ou encore, plus tordu, le cissexisme qui classe les gens de façon binaire en fonction de leur genre présumé.

En revanche, concernant l'écriture inclusive, Mathilde n'est pas entièrement convaincue que cette invention révolutionnaire soit un indiscutable progrès sociétal. « Il y a des trous dans la raquette », m'a-t-elle avoué un jour où elle avait un peu baissé la garde. L'un des journaux pour lequel elle travaille a récemment reçu une pétition d'orthophonistes, d'aveugles et d'un collectif de dyslexiques, tous très remontés contre cette écriture qui ostracise de nombreux lecteurs·trices. D'où la menace d'une plainte pour validisme (voir plus haut).

Heureusement, Mathilde a plus d'un tour dans ~~son sac à main~~ son cerveau. Elle m'a expliqué que quand il devient trop compliqué de réduire le féminin à un point médian suivi d'un « e », il suffit d'user d'anglicismes pour que les problèmes de genre se règlent tout seuls. Car chez les anglophones, il n'est pas question d'imposer le sexe féminin à une table gigogne ou d'assigner le masculin à un fauteuil club, on pratique le neutre. Chez nous aussi mais trop peu de gens le savent. Un·e professeur·e, –homme, femme ou sans opinion – sera toujours « *a* » *teacher,* même si ensuite le *teacher* retombe dans le cisgenrisme à cause des pronoms personnels et possessifs scélérats. Ou alors, il faudrait écrire « *The teacher is in her·his classroom* », ce que ces réactionnaires de Britanniques ne semblent pas encore prêt·e·s à faire.

Quoi que l'on en pense, l'écriture inclusive aura au moins eu le mérite de nous distraire un peu pendant la Fin du monde à propos de laquelle, au lieu du lamento sexiste « "Il" est trop tard », on pourrait avantageusement écrire « *"It's" too late…* » pour que tout le monde soit ~~content·e~~ *happy*.

P

Se [p]arler

Le vocabulaire est un riche pâturage de mots.
HOMÈRE

Je sais pas si c'est un effet collatéral du Collapse global ou l'une de ses causes, mais on va pas se mentir, frère, en vrai, de base, on parle tous un peu comme ma nièce.

Depuis qu'elle a quitté les territoires qui l'avaient trop blasée et qu'elle bosse sur Paris avec son nouveau mec d'origine ethnique, elle et moi, voilà, on s'offre un *quality moment* à deux de temps en temps. Du coup, quand elle n'a rien de mieux à faire et qu'elle a trop pas envie de juste *chiller* chez elle, elle me poste un *date* et on se retrouve dans un bar à chats qui coche toutes les cases, l'*Atelier à tapas des Matous* (75010). Elle l'a repéré, eh bien, grâce à un magazine prescripteur. On dîne et on parle, en gros, et on forge du vivre-ensemble. C'est notre façon à nous d'organiser les solidarités. Okédacor, de base, moi, je suis viande (à condition qu'elle soit sourcée) et elle, elle est végane (rapport aux émissions de méthane) mais du coup *no souci* on s'entend trop bien quand même parce qu'ensemble, on s'est mis

en capacité de générer du consentement par-delà, eh bien, le gap générationnel.

D'ailleurs, quand je suis avec elle, je *switche* de logiciel et je passe du mode surplombant au mode total respect, genre *open mind, open bar, open source.* Et grâce à elle, je découvre tout ce qui fait problème pour la génération X, Y ou même, voilà, Z, du coup, professionnellement, ça me permet carrément eh bien de faire le job et de rester dans le *game.*

Elle bosse pour une entreprise agile de la Tech et je profite souvent de sa valeur ajoutée de sachante hybride pour lui demander, voilà, comment éteindre mon téléphone ou changer mon mot de passe Facebook. Réciproquement, eh bien, elle me parle de sa charge mentale, de ses difficultés à déconnecter même, voilà, pendant son rituel beauté du matin parce qu'elle est H24 – 7/7 en mode projet et le plus souvent en visio dans le métavers. Et comme elle est sans filtre, elle me confie ses difficultés pour être au clair en même temps avec ses principes woke et sa boss, une lesbienne non mais trop pas LOL, genre pas du tout *straight-friendly*, avec laquelle elle se clashe régulièrement.

De son côté, elle trouve que ça fait sens de discuter avec un boomer responsable de la Fin du monde, surtout depuis qu'on a acté que c'est moi qui paye. Même si je suis, paraît-il, parfois un peu clivant après un ou deux verres et qu'elle est blasée de m'entendre lui répéter que l'Apocalypse avait déjà commencé avant ma génération.

En même temps, il faut dire qu'elle est à l'âge où l'on se pose massivement plein de questions légitimes qui passent à bas bruit, eh bien, sous les radars. Je comprends que le Grand Effondrement lui fasse problème. C'est vrai que c'est malaisant et que pour le coup, il y a là un vrai sujet qui bouscule, voilà, les marqueurs traditionnels et tout ça dans un silence assourdissant. Ça interroge d'autant plus que d'autres grandes questions sociétales caracolent en tête des préoccupations des vrais gens. Alors par moments elle se sent, sérieux, au bout de sa vie et, à force d'être dans le *rush*, elle a peur de *bugger* comme un vulgaire PC qui finit, voilà, éclaté contre un mur. Elle se met en PLS et elle se dit que possiblement c'est juste pas possible, qu'elle va tout plaquer, fonder une association citoyenne, jeter de la soupe sur *La Joconde*, bloquer le périph, déboulonner des statues, se lancer dans le *slow working*, la déconsommation, le frugalisme et la perma. Ou pas.

Moi, c'est clair, c'est dans mon ADN, je m'efforce de la consoler. Du coup, je l'invite, voilà, à entrer dans la résilience, je lui dis que c'est une mauvaise séquence mais que ça passera, même si ça impacte sa vie perso et je lui rappelle qu'elle est payée en cryptos et que c'est net d'impôts. Elle me dit que, sérieux, c'est abusé, que je ne peux trop pas comprendre et elle attrape, voilà, un chat du bar à chats qui passait par là parce que c'est le seul truc qui genre la déstresse un peu.

Alors je lui dis que de mon temps aussi, on était vent debout, même si je ne me souviens plus contre quoi. Mais je dis ça, je dis rien.

S

[S]aisir l'instant

Parce qu'être ici est beaucoup.
RAINER-MARIA RILKE – *LES ÉLÉGIES DE DUINO*

À force de se préparer au pire, on en finirait presque par ne plus voir que le moins pire existe aussi. L'Apocalypse urbaine, par exemple, beaucoup moins spectaculaire, plus tranquille, banale et silencieuse que selon saint Jean. J'en ai encore fait l'expérience la dernière fois que je suis retourné dans la rue du XVIIIe arrondissement de Paris où j'ai si longtemps habité. Je comptais y jouer les revenants taciturnes à la Modiano, siroter un verre de blanc au comptoir d'un café sans âge. J'ai réalisé que depuis mon départ pour la rurbanité tout avait changé.

Les vendeurs de marrons qui encombraient les trottoirs ont été remplacés par des touristes en locations meublées de courte durée. Au pied de mon ancien immeuble on trouve des Allemands bedonnants, des Polonais titubants et des Hollandais volants. Les magasins de montures de lunettes en faillite qui cohabitaient paisiblement avec les échoppes de cigarettes électroniques en liquidation ont cédé

la place à des négociants en CBD et des ateliers de tatouages. Les bar-tabacs des Chinois et les boulangeries toutes aux Beurs ont été rachetés par une bande de copains inséparables : Franck (Provost), Louis (Pion), Alain (Afflelou), Yves (Rocher), Léon (de Bruxelles), Jeff (de Bruges), Brice (de partout) et leur copine du sud qui sent si fort : L'Occitane.

Le charcutier-traiteur qui vivotait depuis plus de vingt ans avec ses barquettes de boudin-purée et sa choucroute de la mer le vendredi vient d'être grand remplacé par un bar à vin où souffle un vent côte Est qui donne envie de s'acheter une casquette NYPD et de se mettre au jogging. D'autant qu'on y propose des jus *intensive detox* ou *carrot blaster* (*sic*[15]).

Un peu plus loin, en lieu et place de l'agence Société générale tristounette, s'est installé un établissement qui ressemble à un bar à yaourts des années 2010. Intrigué, je me suis mêlé à la file d'attente, entouré de filles à mèches façon manga et de garçons genre groupe de K-pop. Autour de moi, la plupart des conversations portaient sur la composition du *bubble tea* qu'on s'apprêtait à commander. Derrière son comptoir, une vendeuse a élevé la voix pour annoncer que les *mochi* au *matcha* étaient épuisés.

Profitant du début d'insurrection qui a suivi, je me suis efforcé de traduire la carte avant que ce soit mon tour. Quelques minutes plus tard, j'étais attablé sur un coin de fesse à un coin de table, sous un coin de haut-parleur devant un liquide marron et chaud baptisé Armageddon, au fond duquel trempaient des boulettes translucides bariolées comme les ongles de ma voisine. Je devais sembler aussi désemparé qu'un ange de la téléréalité tombant par hasard sur un cours du Collège de France car la jeune fille m'adressa un sourire bienveillant et m'expliqua que j'étais en train de boire un thé du

15. Prononcer « saïk ».

dragon augmenté de sucre brun, d'où le côté *smokey*, dans lequel barbotaient des perles de tapioca pour le côté *chewy*. Je pouvais les aspirer au moyen de la paille extra-large ou les abandonner au fond de ma *cup*. Je lui avouai que je trouvais cela un peu trop sucré. Elle fronça ses sourcils customisés et m'expliqua que c'était « hyper *healthy* pour la santé » car chaque gorgée de thé *matcha* contient autant d'antioxydants qu'une cuillerée à soupe de crème Nivea.

Je la remerciai pour son aide en regardant à la dérobée le tatouage #Karpé Diem qu'elle arborait sur l'avant-bras. Je compris que, même ainsi modernisé par un tatoueur, il y avait une vraie sagesse dans le fameux hashtag d'Horace : « Cueille le jour sans te soucier du lendemain. » Je tâchai donc de savourer l'instant sans me demander dans quel océan allaient finir mon Armageddon avec sa paille, sa *cup* et son couvercle en plastique.

D

[D]éranger les clous

Gagner de l'argent est un art, travailler est un art
et faire de bonnes affaires est le plus bel art qui soit.
ANDY WARHOL

Il y a un secteur économique pour lequel la Fin du monde sera une vraie bénédiction, c'est celui de l'art contemporain. L'arrêt irrévocable de la production sauvera de la panne sèche de nombreux artistes épuisés de se demander chaque matin jusqu'où aller plus loin dans la rupture avec les conventions bourgeoises.

Dans notre désert, à quelques dizaines de kilomètres de chez nous, se trouve une oasis culturelle inattendue, la Galleria Continua, qui offre un panorama régulièrement mis à jour de l'état de l'art. Selon *Les Inrocks*, il s'agit d'un « lieu de dissidence quasi clandestin » où « l'art se réforme en XXL ». Le lieu en question est une ancienne papeterie sise au milieu des champs, pas très loin de Coulommiers. Il offre aux artistes un havre de rébellion constitué de vastes hangars difficiles à chauffer mais avec une belle hauteur sous plafond où ils peuvent entreposer leurs créations, souvent monumentales, à

l'abri des éléments naturels et de la dictature. Ma dernière visite de ce temple de la transgression remonte au printemps 2020. Après des semaines de confinement au grand air dans le jardin nous étions tellement affamés de culture vivante que nous aurions pu dévorer deux libraires indépendants à veste en tweed et trois expos événement d'affilée au Grand Palais.

Je dois sans doute débuter le récit de ma visite en confessant mon ignorance crasse en matière d'art postmoderne. Au festival d'Avignon, dans les années 2000, je me suis lamentablement endormi devant un spectacle de danse immobile qui voulait faire bouger les lignes mais pas les danseurs. Plus récemment, sur une aire d'autoroute, j'ai pique-niqué sans vergogne au pied d'un totem artistique en inox baptisé *Maman a tort n°7*. Conditionné comme je le suis par la tyrannie du bon goût, il n'est donc pas étonnant qu'à la Galleria Continua j'aie très vite été dérangé par l'esprit de dissidence qui régnait partout.

Sur un écran vidéo géant, l'artiste chinois virtuel Gu Dexin présentait son installation 2006-09-02. Comme précisé dans le mode d'emploi expliquant sa démarche, « l'artiste écrase de vraies pommes sur le sol, permettant aux fruits de poursuivre la performance et faisant de nous les observateurs d'un processus fascinant de décomposition – allégorie organique de la Fin des temps – que personne n'a le courage d'interrompre ». J'ai effectivement laissé lâchement les pommes se blettir et la compote se faire et je me suis dirigé vers le hangar suivant où Subodh Gupta, un artiste indien, avait décidé de changer de paradigme en matière de rangement de l'Univers et de la cuisine, accumulant du sol au plafond des milliers d'ustensiles dans une installation baptisée *Ali Baba*, rageuse révolte contre l'ordre cosmique et ménager établi.

Je déambulai ensuite devant quelques œuvres, plus sages, d'Anish Kapoor, soudeur mondialement connu pour ses vagins en tôle, ses cubes en plâtre et ses « sans titre » en fibres de carbone. Puis la rébellion reprit ses droits dans « l'espace d'interrogation » suivant où l'artiste cubain Osvaldo Gonzalez, en pleine revendication d'« une poïétique du minimal », avait recouvert les murs de scotch marron, faute de moyens plus conséquents pour exprimer sa colère légitime.

Après avoir repris mon souffle en m'asseyant quelques instants sur les socles vides de Pascale Marthine Tayou qui interrogent silencieusement l'œuvre sur son absence, je me suis dirigé vers le clou de l'expo – au sens figuré car, au sens propre, les clous « mi-plantés » de l'installateur allemand Günther Uecker étaient exposés dans un hangar à part. Il s'agissait d'un dispositif de Leandro Erlich intitulé *Le Cabinet du psychanalyste*. Le catalogue m'avait prévenu que « Leandro Erlich procède à une mise en forme de l'espace non subordonnée aux objets présents dans le dispositif, ce qui transforme le regardeur en spect-acteur-performeur ». Je m'attendais à une sorte de mise en danger, comme peut l'être la lecture d'un livre de Juan Branco, et je subis effectivement de plein fouet le sentiment d'« intranquillité » promis par le catalogue, mais ce fut à cause de l'arrivée d'une bande de gamins et de leurs moniteurs débordés qui venaient d'investir bruyamment l'espace des possibles, se permettant de se marrer de bon cœur.

S

Être [s]mart

Je pense que la majorité des gens
est bien plus con que la moyenne.
Hervé Le Tellier – *Les Amnésiques*
n'ont rien vécu d'inoubliable

Les futurologues, collapsologues, survivalistes, techno-paranologues et autres spécialistes de la rencontre avec le mur sont unanimes pour prophétiser que, le jour J venu, la complexité et la sophistication de nos sociétés smart et développées précipiteront leur fin et aggraveront les effets secondaires de l'Apocalypse. Selon eux, mieux vaudra savoir allumer un feu avec deux silex que posséder une cuisinière programmable, être capable de communiquer par signaux de fumées plutôt que par émoticônes et ne pas trop compter sur les algorithmes pour savoir s'il va pleuvoir des grenouilles dans l'heure qui vient. Les Amish seraient donc globalement mieux armés pour survivre que les technodépendants que nous sommes devenus et tout ce qui est trop intelligent aurait vocation à faire long feu.

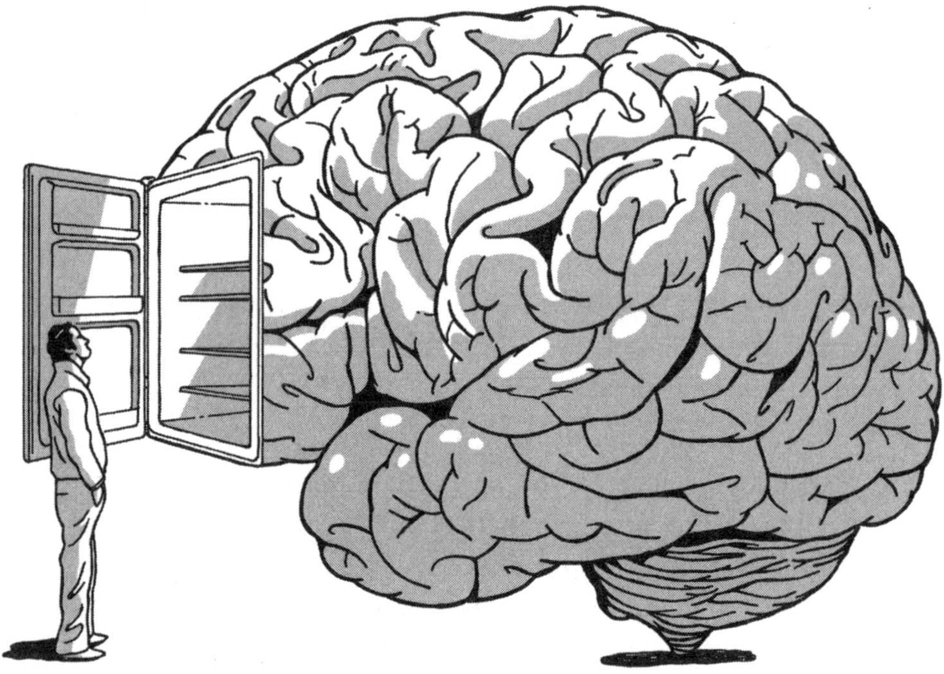

Je me garderai bien de commenter ces prédictions alarmistes, mais force est de constater que l'intelligence fait des ravages. Chez les Humains, pour commencer, où l'on assiste à une explosion des cas de haut potentiel intellectuel. Désormais, il faut être vraiment très con pour ne pas être HPI [16]. À l'école notamment, où, dès qu'un élève est un peu plus pénible que la moyenne et empêche les autres de dormir, la communauté éducative en conclut qu'il est surdoué et que son échec au bac sera la preuve qu'il était trop bon élève pour le système. Les enfants ne sont d'ailleurs pas les seuls vecteurs de l'épidémie. Les adultes aussi. Je me suis moi-même demandé si je ne serais pas un peu HPI sur les bords. En consultant les nombreux sites qui proposent des méthodes pour s'autodépister, j'ai découvert que je remplissais tous les critères :

– « Sentiment de décalage avec les autres » : je suis souvent le seul à rire de mes blagues.

– « Anxiété » : quand le téléphone sonne, j'ai toujours peur qu'on veuille me vendre une pompe à chaleur.

– « Pensée en arborescence » : les gens ne comprennent jamais où je veux en venir.

Je crois donc que j'en suis et je pense que quand arrivera la Catastrophe, il faudra que je débranche mon trop gros cerveau et me reconnecte à mon intelligence émotionnelle en respirant par le ventre.

La vie matérielle aussi est devenue smart. Téléphone, compteur électrique, automobiles, montres…, tous rivalisent de pénétration et de réflexion. Nos amis Arnaud et Ingrid nous ont présenté leur cuisinière à commande vocale qu'il est possible de mettre en marche, à condition de bien articuler, sans sortir de son bain. Leur frigo est, lui, capable de dresser l'inventaire de tout ce qu'il contient,

16. On dit « haut pot' » quand on est entre gros QI.

d'envoyer une liste de courses à son supermarché préféré et même de réclamer par texto un dégivrage à ses propriétaires. Et quand ils sont coincés dans les embouteillages, Arnaud et Ingrid peuvent appeler leur maison connectée pour lui demander de fermer les volets, réchauffer la soupe et caresser le chat.

Je suppose que cette course à l'intelligence, dont on nous dit qu'elle nous rendra encore plus vulnérables lors des pannes géantes d'électricité, n'est pas près de s'arrêter. J'ai regardé récemment un documentaire sur ma smart TV qui expliquait que les algorithmes sont en train d'apprendre nos façons de raisonner. Cela s'appelle du « transfert de compétences homme-machine ». Chaque fois que je consulte mon compte bancaire et qu'un robot me demande de cocher les photos où il y a des arbres, il en profite pour apprendre à les reconnaître. Même chose quand ce sont des chiffres et des lettres, griffonnés par un ivrogne atteint de Parkinson, qu'il me faut recopier au propre. Je râle souvent contre ces interros surprises, surtout quand je dois repasser l'épreuve en cochant tous les passages piétons, mais ma nièce, la « native numérique [17] » qui travaille dans une boîte d'avenir pleine d'ordinateurs extraplats et de collègues racés, m'a expliqué que quand nous cochons les voitures ou les panneaux sur des images floues, nous contribuons à l'intelligence future des voitures autonomes. Et quand nous déchiffrons des gribouillis, nous perfectionnons les programmes de numérisation de l'écriture humaine.

En humour, nous donnons à notre insu des masterclass aux machines. Chacun de nos « Haha ! », « MDR ! » et autres « ☺ », apprend aux serveurs informatiques qui se gèlent les octets au nord de la Suède ce qui est statistiquement drôle pour un Humain. Ainsi, ChatGPT est d'ores et déjà aussi drôle que Kev Adams et Annie Ernaux réunis.

---

17. On dit aussi « née sous Steve Jobs ».

Et ce n'est qu'un début. Nous sommes ainsi des milliards à consolider des métadonnées afin de perfectionner les intelligences du futur et d'établir les nouveaux standards en matière d'histoires drôles.

« Je fais tout ça bénévolement ? » me suis-je étonné auprès de ma nièce qui a haussé les épaules devant tant de naïveté héritée du XXe siècle. « Sur le net, si c'est gratuit, c'est toi le produit. Tes clics produisent de la valeur. C'est pour ça que tout est conçu pour te garder le plus longtemps possible devant ton ordinateur : on te stimule, on t'interpelle, on te récompense… On utilise les techniques de la captologie, l'économie de l'attention. Et toi, sans le savoir, tu fais du *digital labor.* » « Du travail numérique gratuit ? Même dit en anglais, c'est inique ! », me suis-je récrié car j'ai des réflexes de catho de gauche. « Ah mais si tu veux être payé, tu peux ! », m'a-t-elle encouragé car elle a des réflexes d'étudiante en école de commerce. J'ai ainsi appris que des humains sont rémunérés « au clic » pour enseigner aux machines à raisonner comme nous. Nous ne devrions donc pas tarder à croiser les robots sur l'échelle de l'évolution. D'ici-là, grâce à tout ce temps passé à dialoguer avec nos machines, nous désapprenons doucement à vivre. Et comme nous sommes de plus en plus seuls et dociles face à nos algorithmes, contrairement à ce que prédisent les tenants d'une Apocalypse apocalyptique, la Fin de l'humanité ne sera peut-être qu'une paisible formalité, simple comme un clic.

R

[R]ésiliencer ®

Être résilient ®, c'est devenir une poêle qui n'attache pas.
BORIS CYRULNIK – *LA CUISINE RÉSILIENTE* ®

S'il y en a qui doivent être furax à propos de la Fin programmée de la planète ce sont les peuples autochtones, ces gardiens vigilants et bénévoles de 80 % de la biodiversité mondiale qui utilisent en toute parcimonie les ressources naturelles, tutoyant le vivant du plus petit ouistiti au plus grand baobab, négociant patiemment avec les forces invisibles qui veillent sur l'ordre et l'harmonie du créé. Ils vont devoir se fader l'Apocalypse comme tout le monde, sans même avoir profité des avantages de la croissance illimitée : autoroutes, 5G, retraite à points… À leur place, je serais moi aussi fou de rage contre leurs frères humains qui ont fini par avoir la peau de Pachamama.

À l'intention de ceux qui n'achètent pas leur boulgour chez Biocoop, rappelons que Pachamama est le petit nom écolo-inca de notre mère à tous, la Terre. À ne pas confondre avec Gaïa qui est tout autant notre mère mais pour ceux qui ont fait du grec. Quant à mon correcteur d'orthographe qui persiste à souligner Pachamama en rouge, qu'il aille se faire mettre à jour.

J'espère que dans sa sagesse millénaire Pachamama se rend compte que, malgré les désagréments que peuvent lui causer, ici ou là, notre avidité et notre cupidité, chacun à notre niveau, nous faisons des efforts pour essayer de la sauver, notre *tierra madre*. Chez nous, par exemple, nous sommes passés d'EDF, avec ses réacteurs nucléaires mal soudés, à Plüm, une coopérative de petits producteurs indépendants qui élèvent des électrons libres dans des éoliennes et des décanteurs à purin et taille humaine pour nous fournir une électricité propre et déculpabilisante. Autour de nous aussi, les initiatives se multiplient : la plupart des entreprises ont ajouté une touche de vert dans leur logo, de plus en plus de gens se déclarent prêts à baisser la clim et à couvrir leur piscine chauffée l'hiver. L'Asie se prépare à fabriquer plus de voitures électriques et l'Afrique est disposée à extraire plus de terres rares pour fabriquer les batteries générant des milliers d'emplois de mineurs chez les mineurs [18]. Même les dirigeants des Verts ont décidé d'introduire une dose d'écologie dans leur programme.

Qui sait, face à toutes ces démonstrations de bonne volonté, peut-être que Pachamama nous pardonnera ? Elle en a vu d'autres, des espèces invasives idiotes dont elle s'est débarrassée avec un haussement d'épaules d'indifférence. Nos voisins collapsos sympas, Céleste et Saturnin, sont plutôt optimistes et croient à un finale heureux, à base de mains tendues et de résilience. Selon eux, après l'Effondrement, il se produira un grand *reset* au terme duquel tous les survivants comprendront leurs erreurs et se jetteront dans les bras confortables de Pachamama qui, si j'en crois Google Images, a une poitrine accueillante et généreuse. Cela nous donnera une occasion

18. Si tous les mineurs ne sont pas mineurs, la plupart des mineurs le sont.

de plus de faire la fête ainsi qu'une bonne leçon de vivre-ensemble car il nous faudra aussi apprendre à habiter en communauté.

Comme nous sommes à la campagne, nous ne serons pas les plus affectés par les pillages qui suivront l'Effondrement nous a expliqué Céleste, mais il faut nous préparer à renvoyer pacifiquement dans leurs grandes villes les citadins déplacés tout en accueillant ceux qui feront preuve d'une véritable volonté de s'intégrer chez nous. Selon elle, on peut parfaitement vivre à une bonne dizaine dans notre maison, en se serrant un peu comme font les Kikuyus, les Bribris ou les Pachtounes. Tant qu'on ne doit pas accueillir chez nous Vianney et sa guitare en terre inconnue, pourquoi pas…

Céleste et Saturnin nous ont également recommandé d'héberger si possible des gens bricoleurs, qui savent creuser un puits, clarifier le beurre, réparer les vélos, parler au vent, recoudre un doigt et lire dans les flammes. Il y aussi de fortes chances que l'on redevienne nomades a ajouté Saturnin, et j'ai enfin compris pourquoi ils avaient acheté une roulotte et deux ânes.

Ce scénario où Pachamama nous donne une dernière dernière dernière chance de l'habiter m'arrange plutôt parce que je suis allé voir le prix des billets pour les prochains vols habités de SpaceX et changer de planète est définitivement hors de nos moyens. D'ailleurs, à quoi bon quitter la Terre devenue trop chaude pour aller se geler sur Mars ?

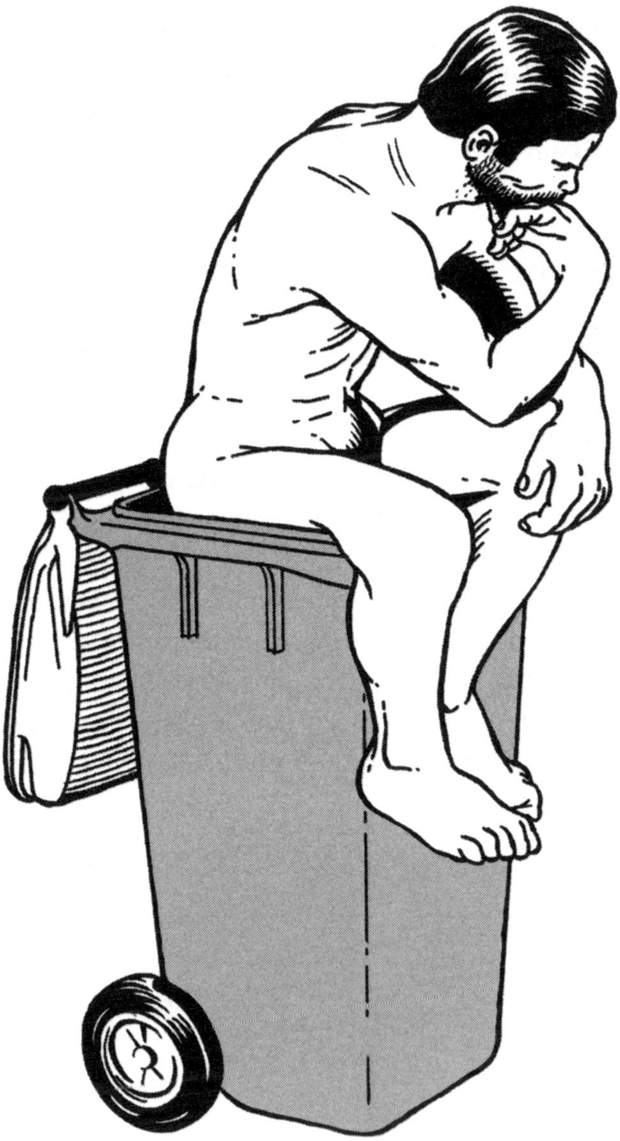

J

Ne rien [j]eter

La société de consommation
finira dans les poubelles jaunes de l'histoire.
KARL MARX – *LA CONSOMMATION DES MÉNAGES*

Après l'Apocalypse, laisserons-nous la Terre dans l'état où nous aurions aimé la trouver en arrivant ? Il est permis d'en douter car, comme le constatait le mathématicien Nicholas Georgescu-Roegen, le système économique moderne transforme des ressources naturelles de grande valeur en déchets industriels. Ce qui fait qu'à peu près partout désormais les sols sont empoisonnés, l'air vicié et les eaux usées. Toutefois, si une Fin du monde propre semble utopique, il est peut-être encore temps d'agir pour que nos successeurs sur la planète (les blobs anaérobies et les cyanobactéries) soient gênés le moins possible par nos tas de détritus.

Mon envie de laisser une poubelle vide aux générations futures est née un jour de ramassage des ordures, face au tas d'emballages, plus haut que moi, qui débordait du container dévolu à leur recueil. Je me suis soudain mis à penser à tous ces poissons innocents qui allaient être empoisonnés par mes emballages en plastique avant d'être mangés en nuggets par des enfants candides qui les transformeraient en microplastiques, lesquels se retrouveraient dans les rivières puis finiraient en nanoplastiques dans le foie des derniers aigles royaux qui survolent en spirale ascendante ce qui reste de neige. Au sortir de cette vision chamanique, j'ai décidé de passer au zéro absolu en matière de déchets.

Tous les tutoriels spécialisés le recommandent, quand on est « en transition vers le zéro déchet », il faut commencer par les produits d'entretien. J'ai fait l'inventaire de nos placards et j'ai découvert que nous entreposions trois types de lessive : une pour le blanc qui résiste, l'autre pour les couleurs qui abdiquent, une troisième pour la laine qu'on veut garder vierge. À leurs côtés, une dizaine de flacons ainsi qu'un pistolet contenant un énigmatique « antibuée pour miroir » que j'avais dû acheter un jour de troubles de l'identité. J'ai suivi les conseils des sites spécialisés : avant de me faire plaisir avec mes produits maison j'ai utilisé tous les liquides jusqu'à la dernière goutte pour ne rien gaspiller. En quelques semaines, j'avais vidé deux placards et la buanderie semblait avoir reçu la visite de Marie Kondō, la magicienne du désencombrement qui recommande de tout jeter sauf ses livres. La maison, briquée à la chimie lourde, ressemblait à une clinique suisse pour fin de vie et le canapé du salon, gavé de baume nutritif, avait rajeuni de dix ans. Enfin prêt, je me suis rendu dans une boutique *day by day* où l'on ne vend que du non emballé.

Dans ce royaume du vrai, du bien et du vrac, les bocaux se vissent, les bouteilles se rebouchent, l'osier se tresse, le lin s'écrue. Autour de moi, des femmes en sarouels de 140 litres rechargeaient d'un geste expert leurs petits pots de verre consignés de crème hydratante naturelle et garnissaient de feuilles de verveine leurs sacs en tissu ; des hommes en congé paternité, bébé dans la poche ventrale de leur salopette, remplissaient nonchalamment leurs boîtes en fer cabossées de haricots, pois cassés et lentilles, promesses de roboratives soupes riches en fibres.

Me voyant hésiter devant les trémies de réapprovisionnement une coach ZW (*zero waste*) me conseilla de commencer par me procurer des contenants. Je fis l'acquisition de bocaux coruscants, de bouteilles tintinnabulantes, d'un sac à légumes en toile de jute et d'une « amphorette » de 500 ml dont je présumais qu'elle finirait bien par avoir une utilité. Après avoir fait le plein de récipients, je confessai à mon accompagnatrice que je venais de vider mes placards mais ne savais fabriquer ni la lessive ni le liquide vaisselle ni même l'antibuée pour miroir. C'est alors qu'elle m'annonça la « Bonne Nouvelle » : en faisant fondre du savon dans du bicarbonate de soude et du vinaigre blanc et en ajoutant quelques gouttes d'huile essentielle comme signature aromathérapique, il est possible de faire étinceler sa vaisselle, rutiler ses sols et parfumer sa maison comme une garrigue. Jubilation à laquelle j'ajouterais celle, plus secrète, de faire dévisser les actions Unilever et de niquer Le Chat machine au pied de L'Arbre Vert.

E

[É]largir le cercle

Une famille quand ça fonctionne, ça fait des névroses.
Quand ça dysfonctionne, ça fait des livres.
CHRISTINE ANGOT – *POURQUOI LE BRÉSIL?*

Demain, en 2030, si nous sommes encore là, nous roulerons obligatoirement en voiture électrique et nous serons 8,5 milliards sur terre. À titre de comparaison, au siècle dernier, dans les années disco, nous étions trois fois moins et pourtant déjà trop serrés sur la ligne 13.

Devant ces chiffres implacables, les *Homo sapiens* en âge de procréer sont de plus en plus nombreux à se demander s'il est bien raisonnable de croître et de se multiplier encore, au risque de se retrouver avec des enfants qui, un jour, dégonfleront les pneus de nos SUV pour se venger. J'imagine sans peine leur dilemme mais je m'interdis de juger ceux qui cèdent à la tentation narcissique de devenir « tout » pour une voire plusieurs créatures sans défense.

Ce fut le cas pour nous aussi. On aurait très bien pu rester en duo, vieillissant tranquillement jusqu'à l'affaissement final, comme l'Occident décadent ou le chignon de la mariée un lendemain de mariage. Pourtant, sous l'effet de je ne sais quel conformisme ou injonction inconsciente, nous sommes passés de deux à trois. Cela ne s'est pas fait sans d'âpres débats et mûres réflexions. Je n'étais tout simplement pas encore prêt. Et puis un jour, étonnamment, on cède. Sans doute le besoin de tromper notre solitude de vieux couple stérile, guetté par l'obsolescence programmée de l'amour prétendument éternel.

Alors on fait comme tout le monde, on aménage un « petit nid », on consulte des tutoriels, on se décide à adopter. Les amis sont aussi formels qu'unanimes : « Vous verrez, ça va bousculer votre petit train-train de pantouflards. Ça crée des soucis mais ça procure des joies profondes et ça donnera un sens à votre existence mesquine et hédoniste, recroquevillée sur elle-même. » Nous avons depuis revu la liste de nos amis.

J'avais solennellement prévenu M. que comme je n'en voulais pas, il était hors de question que je m'en occupe. En réalité, depuis que notre petit Gino est arrivé, je fais plus que ma part : surveillance, visites médicales, jeux, punitions… Du haut de ses 18 mois, il prend déjà une place et un temps incroyables et j'ose à peine imaginer ce que ce sera à l'adolescence. Ma productivité s'en ressent. Depuis le début de ce paragraphe, j'ai dû m'interrompre trois fois pour aller voir ce qu'il se passe dans la pièce d'à côté où il est censé dormir. Chaque fois, je perds cinq bonnes minutes à lui murmurer des niaiseries à l'oreille pour essayer de le calmer. Et quand je regagne mon bureau, j'ai perdu mon élan et je retourne le regarder dormir. La nuit, c'est encore pire. Oubliées, les huit heures de sommeil pourtant recommandées par l'OMS. Nos repos nocturnes sont hachés menu comme un petit pot de pâté aux légumes et systématiquement interrompus vers 5h du matin par des pleurs de faim ou de solitude. C'est pourquoi, même si les écrans sont déconseillés aux moins de 3 ans, quand il est trop énervé je l'installe devant une vidéo de petits oiseaux avec une musique calmante en fond sonore. Ça marche parfois.

Ceux qui en ont déjà eu nous disent que tout ça est parfaitement normal vu son jeune âge et que ça finira par se calmer. D'autres nous affirment que ce ne sera jamais fini, que nous nous sommes engagés pour la vie, que notre petit Gino sera toujours aussi autocentré et exclusivement préoccupé par son confort personnel, qu'il ne faut surtout pas compter sur sa reconnaissance et d'autant moins sur son aide quand nous serons vieux et encore plus fatigués.

J'admets néanmoins qu'il y a quelques côtés sympathiques dans cette cohabitation. Ces moments où il daigne enfin dormir et s'abandonne avec une confiance absolue au creux de nos bras qui osent à peine le serrer tellement il semble fragile. Ses premiers pas dans le jardin. Sa découverte de la neige. Ses yeux qui s'agrandissent devant un nouveau jouet. Les gloussements de joie communicative qu'il émet quand il a faim et qu'on lui donne à manger. Et notre émerveillement, toujours recommencé, de le voir grandir, gagner en ruse et en adresse, au point de décrocher un double rideau ou de se cacher sous un canapé.

J'ignore d'ailleurs d'où lui vient cette énergie, cet insatiable esprit d'aventure et de découverte du monde. De ses vrais parents, sans doute. Voudra-t-il les rencontrer un jour ? Je me demande parfois s'il n'aurait pas été plus heureux en étant adopté par des gens moins sédentaires, plus jeunes, moins bobos… Une amie célibataire aigrie n'a pu s'empêcher de nous faire remarquer que Gino jouait les thérapeutes de notre vieux couple. Peut-être, mais au moins, chez nous, il a trouvé un peu d'amour, forcément maladroit, et un abri pour la Fin du monde, ce qui n'est pas si mal quand on débute dans la vie.

Et nous avons déjà tellement d'émotions en commun, tous les trois. Un jour, nous l'avons perdu dans le jardin parce qu'il avait grimpé en haut d'un arbre. Une autre fois, il a failli s'étrangler avec une arête de poisson. Et jamais nous n'oublierons cette visite médicale, où l'on nous a annoncé qu'il fallait le faire couper si l'on ne voulait pas qu'il se reproduise à tort et à travers et qu'il pisse partout.

Quand je vois à quel point ce petit être a bouleversé nos deux vies minuscules, je me demande comment font ceux qui ont des enfants.

G

Dé[g]enrer

L'homme et la femme étaient tous deux nus
et ils n'en avaient pas honte.
LA BIBLE

La Fin de tout, c'est le moment ou jamais d'en finir aussi avec l'ordre dicté par Dieu quand il nous fit hommes et femmes sans nous demander notre avis.

Car contrairement à ce que l'on a longtemps cru quand on se fiait à ce qu'on voyait sous la douche, le genre d'une personne ne correspond pas forcément à son sexe. Un beau garçon de sexe apparemment masculin peut se sentir intérieurement appartenir au genre fille moche. Réciproquement, une laideronne a le droit de se penser beau mec au-dedans. Et quand ils se rencontrent dans un bar du canal Saint-Martin, le type qui se croit affreuse et la mocheté qui se sent playboy peuvent s'aimer dans le meilleur des genres possibles.

Il m'arrive de me demander si je suis assez fluide. Je reconnais qu'il y a encore quelque temps, j'étais coincé dans le sexe que mon genre m'avait assigné tout petit [19]. Autant l'annoncer publiquement, quitte à perdre des lectrices secrètement amoureuses : je me sens homme préférant les hommes, mais pas ceux qui se sentent femme. Si j'étais un peu moins arc-bouté sur les stéréotypes de genre et donc plus tolérant, ne devrais-je pas être séduit par les femmes se sentant homme ? À condition évidemment qu'elles se sentent homme aimant les hommes qui aiment les hommes se sentant homme. Or, elles ne m'attirent pas plus que ça. Ne suis-je donc, au fond, qu'un cisgenre de plus ? Un de ces « mecs » qui mettent des chaussettes trouées dans leurs mocassins à glands ?

Il m'arrive également de perpétuer les vieux poncifs sexistes en proposant à une présumée « femme » de l'aider à gravir l'escalier du métro avec sa poussette alors que si ça se trouve elle se sent père et que c'est son droit le plus strict de se démerder toute seule. Cela dit, chez les femmes aussi, il y a des « cis » qui sont vendues à l'ordre sexuel ancestral et s'accrochent à leurs serpillières, leur potentiel érotique, leur féminité et à la charge mentale afférente. On les reconnaît facilement : elles mettent des jupes, pleurent à la fin de *Plus belle la vie* et refusent de faire du *man spreading* dans le bus.

L'idée sous-jacente à la théorie de la fluidité des genres, c'est que tout ce qui est construit doit être déconstruit, notamment les clichés comme « les garçons font la guerre, les filles la vaisselle ». Il est vrai qu'on peut se demander au nom de quoi ce ne sont pas les filles qui vont mourir au champ d'honneur pendant que leurs maris papotent en cuisine. Dans la vie quotidienne aussi, les stéréotypes patriarcaux à déconstruire pullulent. Par exemple, les femmes qui payent beaucoup plus cher chez le coiffeur, et pendant plus d'années car elles sont moins sujettes à la calvitie précoce que nous, les hommes. Là où « Monsieur » s'en tire pour 25 € et un quart d'heure

---

19. Je parle de mon âge.

de généralités sur le foot échangées avec l'artisan, « Madame » en a pour 185 € et deux heures d'immobilité passées sous un casque à lire *Closer*. Devant tant de dis-parité, certains salons proposent d'ailleurs désormais des tarifs non genrés pour que tous les sexes payent le prix des femmes.

Mais il sera sans doute impossible de déconstruire toutes ces injustices avant la Fin des temps et il y a fort à parier que, le Dernier Jour venu, chaque Humain ne pourra pas disparaître dans son genre de prédilection. Sans compter que nous ne sommes pas tous égaux devant l'inégalité des sexes. Il sera toujours plus facile pour un homme efféminé d'accepter son côté féminin que pour une femme virile de ne pas se sentir assez mâle.

E

[E]spérer

La jeunesse, c'est quand on ne sait pas ce qui va arriver.
Henri Michaud – *Tranches de savoir*

« Faut-il désespérer ? » demandait Michel Sardou dans sa chanson intitulée *Le Bac G*. Son héroïne avait de quoi se poser la question puisqu'elle venait de passer « un bac à bon marché, dans un lycée poubelle, l'ouverture habituelle des horizons bouchés ». Il y aurait beaucoup à répondre à la noirceur soulagienne de ce texte, et notamment que ce n'est pas parce qu'on a perdu tous ses idéaux qu'il faut en dégoûter les autres.

Si l'on ne se berçait pas un peu d'illusions, si l'on ne pratiquait pas la pensée positive, si on ne lisait pas du Christian Bobin avant de s'endormir, combien d'entre nous trouveraient la force morale de se lever le matin avec comme seule perspective d'attendre l'Apocalypse ?

« Quand on ne peut revenir en arrière, on ne doit se préoccuper que de la meilleure façon d'aller de l'avant » rappelle très justement Paolo Coelho. Je me faisais cette réflexion l'autre jour, dans l'attente

d'un train, en savourant une bière à la terrasse d'un café parisien, quand une jeune fille m'a abordé avec un sourire d'émoti-conne.

– Excusez-moi, vous êtes bien Patrice Fioretti ?

– Oui, opinai-je, secrètement flatté d'avoir été presque reconnu.

– Continuez à nous faire rire, on en a bien besoin ! Surtout en ce moment…, soupira-t-elle.

– Merci, la remerciai-je, inexplicablement touché par cette jeune fille en qui j'avais senti un désarroi qui m'était familier jadis.

J'en parle au passé car, s'il m'arrive encore, comme à tout un chacun, d'avoir mal à ma planète ou, plus proche de moi, aux dents, je vais mieux aujourd'hui que quand j'avais son âge. J'ai peu à peu appris à accepter ma calvitie, ma petite vie et le Désastre en cours. Je sais bien que la paix ne peut pas être perpétuelle mais la guerre non plus et, comme disait Hölderlin, « aux lieux du péril croît aussi ce qui sauve ». L'isolation des combles, par exemple. Et surtout, je sais désormais me contenter des dons innombrables et éphémères que nous fait la vie, comme un train qui part à l'heure, un week-end yoga dans la Drôme ou la victoire de la France au concours Eurovision junior.

Sous l'effet de l'implicite et délicat appel à l'aide de la jeune fille, devinant la théorie de questions sans réponses qui devait l'habiter, j'eus soudain envie de la consoler, de lui chanter c'est l'printemps, et mon cœur et ton cœur sont repeints au vin blanc biodynamique. Lui dire que j'étais moi aussi passé par là, qu'il valait mieux oublier tout de suite l'envie d'être libres et heureux. Lui expliquer qu'avec le temps, va, tout s'envase. Que, comme l'écrivait Thoreau, la grande masse des hommes vit de calme désespoir, une vie d'homme stupide, comme ils le découvriront en s'approchant de la fin, s'ils ne le découvrent pas avant. Que nous avons au moins la chance de vivre à une époque où les réseaux sociaux, la télévision et les téléphones nous aident à tuer les jours, les mois et les années en attendant qu'ils passent. Et puis il y a le bruit du monde qui masque si bien nos petites voix intérieures et le rire, cet arrêt momentané du cœur, donc de la douleur. Alors rions, à tout prix, et le plus souvent possible. On va faire un sondage. Répondez-moi par applaudissements : qui n'a jamais été voir un stand-up ? Un spectacle de *comedy club* où un type tout seul sur scène transpire sous les bras et raconte sa *life* tout en espérant échapper aux avocats de Jerry Seinfeld à qui il a volé quelques vannes ? Faites du bruit, j'entends rien !

Si les questions essaient de se poser malgré tout, il faut ruser. Il y a les médicaments et l'alcool, bien sûr, mais aussi le travail et la consommation – qui permet de tout « dé/penser », comme dirait ma psy qui n'est pas la moitié d'une lacanienne.

J'aurais voulu prendre la jeune fille dans mes bras, lui offrir un *free hug* sincère, respirer l'odeur de son shampoing sans parabènes et la rassurer. Lui expliquer que la vie est un lent et inexorable refroidissement général, des ardeurs et du reste, lui promettre que si l'on sait attendre sagement, un beau matin, on se réveille, vieux et serein, et on découvre, incrédule, que les questions ne se posent plus. Qu'on est enfin tranquille, apaisé et adhérent au Modem.

Mais m'aurait-elle compris ? M'aurait-elle seulement cru ? Alors, plutôt que la jambe, je lui tins à peu près ce langage : « Regarde ce platane qui pousse dans le bitume. Il ne sait pas que la forêt est ailleurs. Sinon, il ferait comme tout le monde, il s'installerait à la campagne, au lieu de regarder passer les trottinettes. Le mieux, c'est encore de faire comme lui : profiter du printemps en février en attendant la canicule de mars. »

– Ça gagne bien, humoriste ? me demanda-t-elle.

I

S'[i]mmerger

Où que la révolution virtuelle nous mène,
là où nous arriverons, nous n'aurons pas assez de RAM.
DAVE BARRY

L'endroit où l'Effondrement sera le moins pénible, du moins entre deux coupures de secteur, c'est le métavers. Pendant la Grande Tribulation, en attendant les délibérations du Jugement dernier, on pourra y patienter tranquillement sur son île privée avec héliport, terrain de volley et dragon apprivoisé qui monte la garde.

À condition d'acheter vite car dans le métavers le prix du mètre carré monte depuis que les footballeurs, les publicitaires et les rappeurs ont décidé d'y investir. L'un des mercenaires du Qatar au PSG a déboursé 100 000 euros pour une résidence secondaire virtuelle, à deux pas de la villa numérique de Snoop Dogg dont les soirées entre avatars empêchent de dormir tous ses voisins fictifs.

Les « grandes marques » aussi se sont précipitées dans le métavers. Carrefour y a acquis, pour 300 000 euros, une parcelle de 36 hectares immatériels. Les consommateurs immergés y trouveront de quoi remplir les placards imaginaires qu'ils auront achetés à l'Ikea virtuel le plus proche où les meubles en vrais pixels n'ont rien à envier à ceux en faux bois.

À Decentraland, l'une des plateformes les plus fréquentées du métavers, devant la fontaine de Genesis Plaza, on trouve même des SDF que l'on peut dépanner d'une petite pièce avant de faire ses courses immersives la conscience plus légère. Et pour vêtir son avatar, ou son avataresse, Adidas propose une ligne de vêtements et d'accessoires spécialement conçue.

Si je m'y connais un peu en métavers, c'est parce que notre copain Olivier, *gamer* invétéré et chômeur de métier, se sent comme chez lui dans cet autre monde où il s'immerge le plus souvent possible et a déjà ses habitudes. Vu le temps qu'il passait à jouer dans The Sandbox, il s'est dit qu'il pouvait carrément y acheter sa résidence principale. Il m'a fait ainsi visiter sa villa à la plage grâce à son casque de réalité virtuelle et m'a présenté son alter ego numérique, un peu mieux gaulé que son modèle humain mais qui reste néanmoins assez peu désirable avec sa tête de personnage Pixar.

Son projet, à Olivier, c'est de participer à la création d'une nation digitale vraiment horizontale, dotée d'une démocratie numérique déréalisée et absolument transparente grâce aux blockchains. Dans ce monde idéal se succéderont des événements marketing planétaires et des fêtes mondiales. On y croisera aussi des créatures imaginaires, comme sur la planète Tatooine, et on réglera tout en cryptomonnaie.

Je comprends un peu le choix d'Olivier : pendant que son corps réel, resté chez nous, prend du poids, perd ses cheveux et se tape les papiers du divorce, son avatar, immortel et bronzé, s'éclate dans le métavers où la souffrance d'être au monde est

enfin abolie. Pour parachever la construction de ce nouvel univers où chacun aura bientôt son double, Mark Zuckerberg a investi plusieurs milliards de dollars dans le supercalculateur le plus puissant du monde : le prix à payer pour nous permettre de passer la Fin des temps à la plage avec notre licorne, à deux pas d'ici, dans le monde d'à côté.

N

Avoir de bonnes [n]otes

La règle nous délivre des fantaisies,
des tourments de l'incertitude.
JOSEPH JOUBERT – CARNETS

En ces temps de malaise dans la civilisation, de chaos géopolitique, de climat déréglé et pré-insurrectionnel, si l'on veut que les grandes catastrophes à venir se passent le mieux possible il est plus que jamais nécessaire d'instaurer un ordre nouveau. Pas un contrôle des populations à l'ancienne, centralisé, bureaucratique et vertical, mais plutôt une surveillance décontractée, délocalisée et collaborative, venant de la base. Les Chinois de Chine, qui ont toujours une dystopie d'avance sur nous, ont déjà mis en place un tel système de supervision mutuelle. Ils appellent ça « note sociale ».

Si l'on est vu en train d'aider une vieille dame à traverser l'avenue Chang'an, si l'on pleure de joie devant la parade militaire de la fête nationale populaire ou si l'on gagne une médaille olympique au ping-pong, on voit sa note sociale augmenter. Inversement,

si l'on a escaladé un char d'assaut place Tian'anmen, mangé le chien de sa voisine ou fait du karaoké sur son balcon pendant une quarantaine de Covid, il suffit d'être repéré par un drone patrouilleur ou dénoncé en ligne pour perdre de précieux points. En dessous d'un certain seuil de civilité on peut se voir privé de logement, de vacances, de carte bancaire et même avoir sa sale gueule de sociopathe et son nom affichés sur un écran géant dans toutes les gares du pays.

Si nous ne pratiquons pas encore officiellement chez nous le crédit social à la chinoise, à part pour les profs, les coiffeurs, les cancérologues, les restaurateurs, les plombiers etc., nous nous évaluons déjà beaucoup les uns les autres. Pas plus tard qu'hier, j'ai donné cinq étoiles au conseiller de chez Darty qui m'a expliqué comment *rebooter* notre nouveau lave-linge intuitif avec lequel nous ne partageons pas encore les mêmes intuitions. En revanche, j'ai attribué deux émojis qui vomissent au robot de La Poste qui m'a expliqué qu'ils avaient eu « un souci » au sujet d'un colis perdu sans jamais vouloir me préciser quel genre de contrariété leur avait causé mon paquet.

Sur les réseaux sociaux aussi, on se tient à l'œil. Un compte bien tenu ne permet pas seulement de montrer ses pieds sur fond de plage, il donne en plus une assez bonne idée du genre de personne que nous sommes : photo d'identité, date de naissance, lieu de résidence, clichés des enfants, animaux domestiques, mariages, naissances, anniversaires, décès... tout y est, sans risque d'erreur puisque c'est nous-mêmes qui remplissons notre fiche. Ce n'est d'ailleurs pas pour rien que le fisc vient vérifier si les photos de nos Maserati fuselées, de nos piscines bleutées et de nos épouses élancées correspondent à nos revenus déclarés.

On peut prédire qu'à l'avenir un individu ayant moins de mille amis sur les réseaux sociaux et dont les publications ne recueilleront que quelques pouces levés aura une note sociale désastreuse et toutes les chances d'être un déséquilibré qui mourra seul.

Mais on n'est jamais aussi bien noté que par son téléphone. J'emmène le mien partout sinon il s'ennuie. Il ne se gêne pas pour me dire franchement les choses : comment j'ai dormi, combien de calories j'ai brûlées, quelle est la teneur en oxygène de mon sang… Quand je ne fais pas les dix mille pas par jour qu'il m'a prescrits pour avoir la santé insolente de Bill Gates, il m'admoneste comme il se doit : « Tu es moins actif que 87 % des personnes en bonne santé. » Mais quand je dépasse l'objectif qu'il m'a fixé, c'est d'un gros cœur clignotant qu'il me gratifie le soir, à l'heure de mon bilan. J'espère en tout cas que quelque part, dans les entrailles d'un supercalculateur, l'algorithme qui me surveille a noté sur ma fiche qu'au fond, je suis un bon citoyen.

E

Retrouver l'[e]nfant en soi

Si vous exercez une influence, feignez au moins de l'ignorer.
HENRY DE MONTHERLANT – *CARNETS*

Que ceux et celles que les réseaux sociaux rebutent, qui trouvent les téléphones indiscrets et que les notes sociales inquiètent – on a tous des choses à cacher – se rassurent, il existe d'autres moyens de contrôle des populations pour assurer une Apocalypse apaisée, conviviale et même ludique.

En 2017, le prix Nobel d'économie a été remis à l'Américain Richard H. Thaler, lequel a montré que la plupart de nos actes ne reposent pas sur la logique mais sont influencés par des facteurs irrationnels : jeu, conformisme, peur du risque… À cette occasion, le grand public a découvert d'ingénieux dispositifs capables d'exploiter avantageusement ces petites faiblesses de notre entendement pour nous faire prendre les bonnes décisions. On les a baptisés « *nudges* ».

Dès qu'on sait que les nudges existent, on en voit partout : la mouche collée au fond des toilettes pour faire uriner droit les individus présumés masculins, le panneau qui clignote en rouge avec un smiley

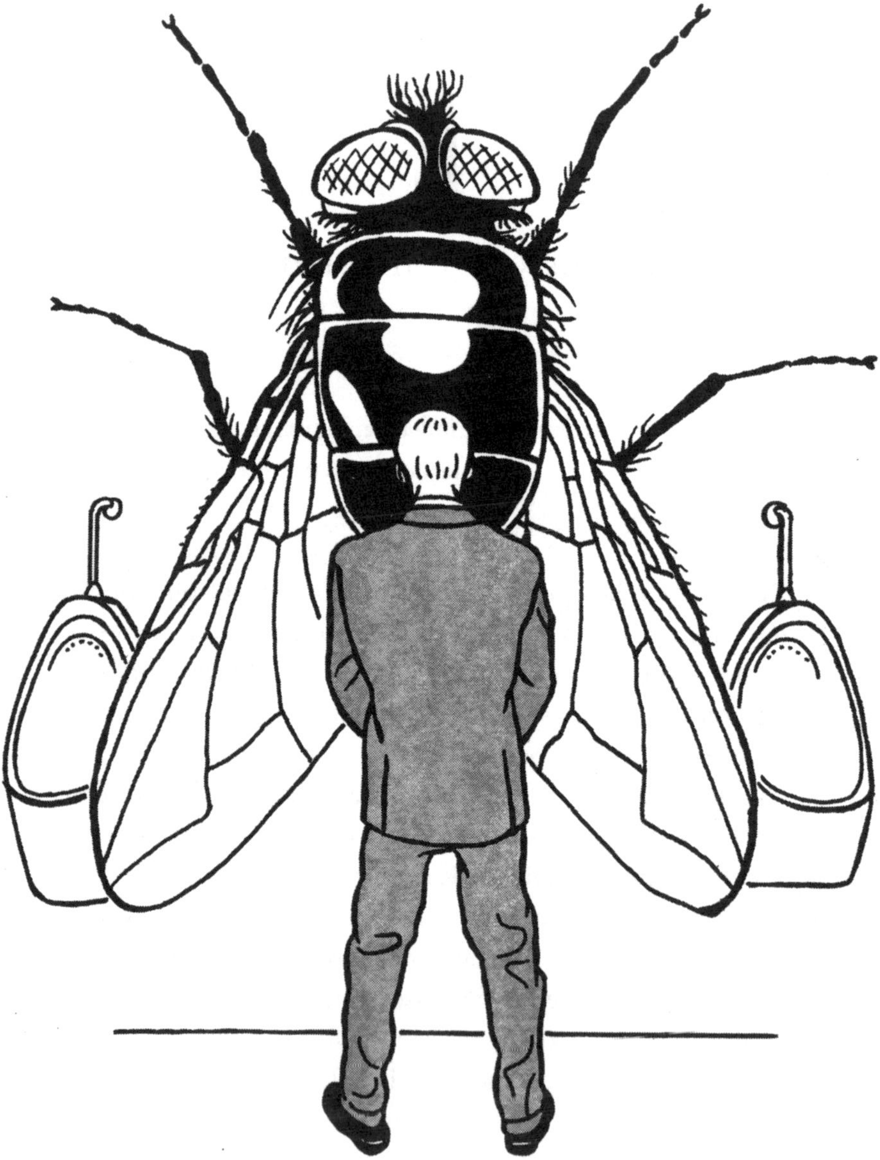

qui pleure quand on roule trop vite, les pas multicolores dessinés sur le sol qui nous incitent à marcher du bon côté du trottoir…

Souvent comparés au petit coup de trompe qu'une maman éléphant donne à son éléphanteau afin de le remettre dans le droit chemin, les nudges coûtent trois fois rien et nous aident en toute bonhomie à retrouver notre âme d'enfant et à obtempérer. Ils nous font même nous sentir meilleurs quand on leur obéit.

Récemment, je devisais devant la Gare de Lyon avec une de mes dernières amies fumeuses qui n'a pas encore été assez nudgée par les photos de cancer de la glotte sur ses paquets de Vogue menthol. Nous étions à proximité d'une poubelle mais elle préféra franchir les deux cents mètres nous séparant d'une caisse vitrée divisée en deux compartiments et surmontée d'un panneau demandant : « À vous de choisir : vous êtes plutôt… Paris (boîte de gauche) ou Lyon (boîte de droite). » Comme il n'était pas question pour ma copine de voter pour les « prétentieux », elle jeta fièrement son mégot dans la boîte en faveur des gones un peu ploucs.

À la RATP, certains escaliers du métro sont peints de slogans mobilisateurs pour nous encourager à les emprunter au lieu de faire du mauvais gras dans les escaliers mécaniques. La mairie de Lille, qui a elle aussi son « unité nudge », a fait dessiner, devant ses bidons de recyclage, des marelles géantes où les Lillois peuvent jeter leurs ordures en sautant sur un pied. Au sommet de l'État, la direction interministérielle de la Transformation publique a nudgé nos déclarations d'impôts. Et chez Google, on nudge même à la cantine où la taille des assiettes a été réduite pour faire sembler plus abondantes les rations des futurs obèses.

Ainsi, poussés gentiment à toujours prendre les bonnes décisions et affectueusement guidés, comme par une maman éléphant attentive, sur le droit chemin, nous disparaîtrons en ordre et avec la satisfaction du devoir accompli.

S

[S]implifier

La simplicité est la complexité résolue.
CONSTANTIN BRANCUSI

J'ai lu récemment un long article consacré à Richard Branson. Comme tous les gens prévoyants, il se prépare activement à fuir la Terre, le moment venu, à bord de son avion spatial *Unity* pour aller toucher le bord de l'espace et s'y mettre en orbite en attendant de trouver une planète de rechange où implanter son nouveau siège social. Dans ce même reportage, le billionnaire de Virgin recevait la visite du trillonnaire Elon Musk de Tesla & Cie.

Les sujets de conversations ne manquaient pas entre le Britannique Richard qui a « éliminé le sucre et le doute » de sa vie et Elon, l'autiste Asperger désinhibé. Autour d'un bon steak sans viande issu de cellules souches élevées dans un de leurs labos, ils évoquaient le fabuleux divorce de Bill et Melinda Gates – « Qui avait eu la garde des bugs ? » – et la cure de rajeunissement cellulaire de Leonardo DiCaprio selon le protocole mis au point par leur copain Larry Page de Google qui surinvestit dans le transhumanisme. Ils abordaient également avec pudeur le cas de Jeff Bezos qui a levé le pied de chez Amazon – où, disait Richard, les humains n'arrivent plus à suivre les cadences des robots – pour se consacrer à son engin *Blue Sheppard* qui l'emmènera sur la Lune quand les jours et les nuits seront finis chez nous.

Richard et Elon devisaient librement à propos de notre survie et surtout de la leur, et la conversation volait forcément très haut. Sans doute épuisés par leur optimisme ravageur, ils finirent par aller se préparer un bon café chaud dans la cuisine de Richard où les suivit le journaliste. Sur la photo prise à cette occasion, que l'on trouve très facilement sur Internet [20], les deux surhommes sont debout devant le frigo de Richard Branson aussi souriant que si ses bitcoins venaient de reprendre 20% tandis qu'Elon Musk, plus concentré comme à son habitude, est pieds nus. Je me suis amusé à compter ses orteils, il en a dix comme tout le monde. Le fait qu'il ait *la vista* et pas nous ne vient donc pas de là.

Étonnamment, ce qui a été le plus commenté sur les réseaux sociaux à propos de cet article, ce ne sont pas les tenues d'ados négligés des deux mutants : jeans, T-shirts, cheveux gras... mais la cuisine de Branson que l'on aperçoit au second plan. Là où l'on pouvait espérer un frigo à écran plasma, des plaques chauffantes à lévitation quantique et un robot-cuisinier androïde autonome, on distingue une cuisine d'entrée de gamme Mobalpa en contreplaqué où trône une cafetière... manuelle ! Les dénigreurs en ligne se sont évidemment beaucoup moqués de cette cuisine ringarde. Ils ont peut-être eu tort car ne pas avoir à parler à son frigo ou ne pas devoir programmer sa cafetière devient, chaque jour un peu plus, le luxe ultime, inaccessible au commun des mortels.

---

20. Sur le site de SkyNews notamment.

Qui ne s'est jamais fait refiler une télé ou une cuisinière intelligente, voire un fouet électrique *clever* ? Qui n'a pas dû indiquer l'année, le jour et l'heure à sa bouilloire avant de pouvoir faire un thé ? Qui peut encore allumer son téléphone sans se faire scanner la face ? Notre ami Vincent qui vient de s'acheter une voiture électrique a passé une demi-journée plongé dans le mode d'emploi du véhicule pour en étudier la section « sièges interactifs » afin d'essayer de programmer la position conducteur. Sa femme, moins patiente, a renoncé à configurer son « profil conductrice supplémentaire » et a décidé de prolonger la vie de sa Twingo.

Si ça se trouve, pendant qu'on s'efforce de communiquer avec nos objets proches, leurs concepteurs continuent de se faire tranquillement des petits cafés à la main, à dégivrer leur frigo au sèche-cheveu non programmable et à éteindre leur télé d'un seul doigt sans même devoir lui expliquer pourquoi.

V

[V]ieillir quand même

Old friends, memory brushes the same years
Silently sharing the same fears.
Paul Simon – *Old Friends*

Je suis sur l'île de Ré, face à l'océan, je regarde les vagues qui enflent avec la marée montante, méditant sur les prix de l'immobilier local et la Fin du monde qui approche. Un labrador chocolat parisien tient dans sa gueule une bouteille de gel douche bio en plastique rose délavé qu'il rapporte à son maître. Depuis que je fabrique moi-même mon savon, je me sens plus propre et un peu moins responsable de tout ça.

L'eau bouillonnante, qui a tout son temps, fait inlassablement rouler les galets. Dans quelques dizaines de millénaires, longtemps après notre petite Apocalypse humaine, ils seront devenus du sable. Les matières plastiques, ultimes traces, avec nos déchets nucléaires, du passage de ceux qui se tenaient debout, auront retrouvé la soupe moléculaire primordiale. Qu'en sera-t-il de mon œuvre ? Combien de mes livres traverseront les siècles des siècles auprès de ceux de

Shakespeare, Molière, Proust, Éric-Emmanuel Schmitt… ? À peine trois ou quatre, probablement, et pas forcément mes meilleurs car la postérité est souvent aveugle.

Par un implacable effet d'échelle spatiale et temporelle, l'océan me remet ainsi à ma place, infime, dérisoire, dispensable au sein de l'Univers. Une leçon d'humilité et de sagesse à méditer quand, comme moi, on croit que chaque voix compte aux élections.

C'est extraordinairement difficile à admettre mais un de ces jours, c'est écrit quelque part dans le ciel, je ne serai plus là et le monde continuera de s'effondrer sans moi. Sans vous non plus. Mieux vaut nous y préparer et, pour cela, le plus simple est de regarder la mort en face, ou du moins son interminable et souvent pénible prélude : la vieillesse.

Faudrait-il tuer les vieux quand ils sont encore jeunes, comme le suggérait Alfred Jarry ? Ou doit-on les laisser s'accrocher à la vie ? En ce qui me concerne, le dilemme est résolu depuis quelques années déjà puisqu'il est trop tard pour que je meure jeune. Plutarque a écrit que la médecine fait mourir plus longtemps et je fais donc le nécessaire avec l'aide de notre médecin traitant. Nous la voyons le moins souvent possible car nous la détestons cordialement, je suppose que c'est réciproque vu que nous n'avons aucune maladie chronique pour le moment. Par chance, le désert médical aidant, la plupart de nos rendez-vous se déroulent en téléconsultation ce qui nous évite de passer de longues heures à feuilleter ses vieux magazines pleins de germes dans sa salle d'attente, assis face à une reproduction de Bilal (c'est une toubib qui a des goûts de dentiste).

Je replonge mon regard dans l'océan qui mousse et pense aux vers de Michaux :

Tu t'en vas sans moi, ma vie.
Tu roules.
Et moi j'attends encore de faire un pas.
Tu portes ailleurs la bataille…

Je ne me sens pas trop coupable de faire encore un pas ou deux car il paraît que les vieux, c'est bon pour le PIB. Selon les experts, si j'atteins l'âge de la retraite avant la Grande Marée finale, je deviendrai même « moteur de l'économie ». Je dépenserai tout en loisirs, en achats compulsifs au télé-achat, en soins et en donations défiscalisées. Sans oublier de soutenir le secteur des croisières de toutes mes économies car, si la vieillesse est un naufrage, moi, je compte bien naviguer *nec mergitur,* en groupe ou en couple, sur le Nil ou sur le Rhin, avec Hervé Villard ou Luc Ferry. De plus, une fois devenu personne vulnérable, je créerai des tas d'emplois non délocalisables : podologues, auxiliaires de cure thermale, faux policiers...

Au fond, j'ai toujours été un vieux jeune et je me demande donc quel genre de jeune petit pépé je serai. Ce n'est pas pour demain, mais ça pourrait arriver dès le second ou le troisième mandat de Joe Biden. La roue tourne, les photos et les dents jaunissent, la vue baisse, le cuir se tanne et un beau matin les testicules pendent. Moi qui ai toujours eu des amis plus vieux que moi, je commence à en avoir de plus jeunes qui me disent qu'ils préfèrent les vieux. Je ne sais pas comment je dois le prendre.

Je n'ai jamais été de ceux qui passent leur vie professionnelle à recompter leurs trimestres en regardant l'horloge. Mais je ne suis pas non plus comme notre voisin Fred qui est passé directement de l'adolescence au quatrième âge et fabrique, depuis soixante-trois ans, des « sculptures anarchistes » ressemblant, de loin, à des mobiles de Calder. À 79 ans, chauve à cheveux longs, tatoué comme un Marseillais, il continue de souder ses tiges et ses tôles en tirant sur sa clope éteinte. Mieux vaut ne pas trop l'emmerder avec les croisières Nostalgie, les cinq fruits et légumes par jour et le salon des seniors.

L'Atlantique qui me nargue avec son éternité devant lui n'a pas d'avis sur la question du vieillissement mais, sur son autre rive, aux États-Unis d'Amérique, on s'en fout, la mort. On mise des montagnes de dollars sur l'immortalité. Logiquement, ce sont les milliardaires de la Silicon Valley, inventeurs de l'illimité, qui investissent le plus dans ce secteur prometteur de la vie sans fin. Ils seront les premiers, et peut-être les seuls, à vivre deux ou trois existences consécutives, le temps de parachever leurs œuvres respectives, pour le bien du Nasdaq et de l'humanité.

Pendant qu'on se décatit dans la vieille Europe, en Californie on met au point la cryogénisation douce pour éviter la fonte musculaire au moment de la décongélation. On s'efforce de stocker notre mémoire sur le cloud afin de pouvoir la réimplanter dans un corps tout neuf quand le précédent sera bon à jeter. Car qu'est-ce qu'un humain sinon quelques livres de chair et de l'information, donc des octets ? Quant aux nanorobots, ils seront très bientôt capables de patrouiller jour et nuit dans notre organisme afin d'y détecter anomalies et imperfections.

En attendant que tout cela soit au point, la finitude de l'être humain obsède les algorithmes. Tous les jours, ils veulent savoir ce que j'ai prévu pour mes funérailles et me proposent des contrats-obsèques tout compris. J'admets que sans eux je n'aurais jamais pensé spontanément à tous les détails. Au crématorium, par exemple, pour ma dernière émission de gaz à effet de serre, je refuse qu'on diffuse la musique de *Titanic*. Je n'accepterai que du Bach ou, à la rigueur, une chanson triste de Goldman pour aider tout le monde à pleurer.

D'autres fois, Gros Data insiste pour que je me révolte contre l'idée reçue que la vieillesse et la mort sont inéluctables. Les robots veulent que je me ressaisisse, que je rentre le ventre et que je baisse les épaules. Souvent, avant de me laisser regarder le clip de mon choix, ils essaient de me faire acheter un redresseur d'orteils ou ils insistent pour que je visionne jusqu'au bout une publicité dans laquelle un scientifique en blouse blanche me met solennellement en garde contre la dégradation du collagène responsable des rides, avachissement des joues et tout le tremblement du goitre (sa conclusion est qu'il faut retendre tout ça avec quelques gouttes de *Ginkgo biloba* dans mon thé vert).

Parfois, je me laisse tenter par ces promesses de vieillir souple et agile, lisse du front et ferme du menton, plat devant et rebondi derrière afin de m'éteindre à 115 ans dans la beauté retrouvée d'un éternel corps parfait.

D'autres fois, je regarde du coin de l'œil les tempes de M. qui commencent à blanchir, les taches dorées qui grêlent ses mains, l'ombre qui souligne un peu plus ses yeux gris et je plains sincèrement ces pauvres algorithmes condamnés à se perfectionner sans cesse, incapables de vieillir, infoutus de comprendre que le prix de ce qu'on a vient de ce qu'on le perdra et qui ne connaîtront jamais les outrages, les vertiges et les bénédictions du temps qui passe et nous rapproche de la Fin.

Des mêmes auteurs

Pascal Fioretto

Albin Michel
Le Pacte secret
(avec Albert Algoud), 2007

Chiflet & Cie
Gay Vinci Code, 2006
Et si c'était niais ?, 2007
La Joie du bonheur d'être heureux, 2008
L'Élégance du maigrichon, 2009
La France vue du sol
(avec Bruno Leandri et Vincent Haudiquet), 2009
Moi, Pascal F., 2011
Concentré de best-sellers
(avec Vincent Haudiquet), 2015

Hérodios
L'Anomalie du train 006, 2021

Hugo Image
Élysée Machine
(avec Albert Algoud), 2007

Intervalles
Cafard noir (collectif), 2020

Librio
Lettres cachées de François M. à Anne
(avec Laurent Gerra), 2017

Magnard
Et si c'était niais ? Pastiches contemporains
(édition scolaire), 2020

L'Opportun
Petit dictionnaire énervé de nos vies de cons, 2010
Rivegauchez-vous !
(avec Natacha Braque), 2012
Nos vies de cons de A à Z, 2017
Journal d'un président (dé)gonflé, 2020

Plon
Un condamné à rire s'est échappé, 2014

Poche
Nos vies de cons. Petit dictionnaire énervé, 2012

Pocket
Et si c'était niais ?, 2008

Gay Vinci Code, 2009
L'Élégance du maigrichon, 2010
La Joie du bonheur d'être heureux, 2014
Un condamné à rire s'est échappé, 2016

Points Seuil

Desproges est vivant (collectif), 2009

Robert Laffont

Mélatonine, 2019

Stéphane Trapier

Casterman

Mes plus grands succès, 2020

La Table ronde

Rond-Point : 20 ans de théâtre en affiches, 2022

Matière

Tarzan contre la vie chère, 2014
Les Saucisses de l'archiduchesse, 2022

Actes Sud

J'ai encore oublié saint Louis !, 2009 (textes de Jean-Michel Ribes)
Anagrammes dans le boudoir, 2020 (textes de Jacques Perry-Salkow et Laurence Castelain)

Hugo-Desinge

Mémoires d'un gros mytho, 2022 (textes de François Rollin)

Le Sandre

L'humour, ça va 5 minutes, 2021 (textes de Vincent Haudiquet)

Les Venterniers

Les Gens qui goshtent (textes de Jorge Bernstein), 2022

Xavier Barral

Je n'aime pas la campagne sauf dans le TGV elle va plus vite, 2006 (textes de Jean-Michel Ribes)

L’auteur remercie

Marco Martella, Vincent Haudiquet
et Stéfani de Loppinot pour
leurs patientes relectures,

Philippine Cruse pour son enthousiasme
et sa confiance.

Certains textes et illustrations ont été
publiés dans le mensuel *Fluide glacial*.